エドウィナからの手紙

Edwina Victorious

スーザン・ボナーズ 作
もき かずこ 訳・ナカムラ ユキ 画

Edwina Victorious

エドウィナからの手紙

スーザン・ボナーズ／作・もきかずこ／訳・ナカムラユキ／画

もくじ

Published by arrangement with Farrar, Straus and Giroux, LLC, New York
Japanese translation rights arranged with Farrar, Straus and Giroux, LLC
through Japan UNI Agency, Inc., Tokyo
Japanese edition published
by KIN-NO-HOSHI SHA Co. Ltd., 2003

装丁／室町晋治

エドウィナからの手紙

Edwina Victorious

タイム・カプセル

「やれやれ、あまりうれしくない仕事だわね」

ウィンカーを点滅《てんめつ》させ、左折《させつ》の合図をして私道《しどう》に入りながら、お母さんがつぶやいた。

わたしだってうれしくなんかないよ——エドウィナ（家族や友だちはエディと呼《よ》んでいる）は、くるくるしたまき毛を指にからませながら思った。

「ねえ、いつもどおりお勝手口から入ることにしようよ」

エディは提案《ていあん》した。

「いいわね。そうしましょ」

じゃり道をたどって勝手口にまわると、お母さんはかぎをよりわけて、かぎ穴にさしこんだ。

「このかぎでよかったのかしら」

ドアは開いた。家の中は、やたらにしんと静まりかえっている。

「いやあね、なんだか泥棒《どろぼう》になった気分だわ。エドウィナおばさまのとこには、もう何百回も来てるっていうのに」

お母さんが声をひそめていった。

台所のかべにかかかったにやついた猫《ねこ》の時計が、目をきょときょとさせながら、しっぽを右へ左へとふっていた。エディはこの時計が大好きだった。でも、もうここにエドウィナおばさまはいないのだと思うと、その時計も気味《きみ》わるく感じられた。

「ちょっとひと息つきましょ。まず、これからやらなきゃならないことをチェックしなきゃ」

お母さんがいって、ふたりはキッチンテーブルのいすに腰《こし》をおろした。エディは猫《ねこ》の目を見やった。きょときょと、きょときょと、目はせわしなく動いている。

と、電話のベルが鳴った。

エディは心臓《しんぞう》がとびだしそうになった。お母さんがかべにかかった受話器をとり、「もしもし?」と不安そうな声をあげた。

「もしもし、エドウィナだけど。やあねえ、エバリン、おばけでも見たような声を出さないでちょうだい。あら、この場合は聞いたような声というのかしらね。ともかく、あたしはまだおばけじゃありませんからね。さあ、いい子だからおちついて、まずは一杯《ぱい》、お茶をお飲みなさい。発掘《はっくつ》作業はそれからよ。あたしのほうはだいじょうぶ。こっちには、ほしいものはなんでもあるから。なんてったって、あんたとケネスとかわいいエディの写真があるもの。すぐに会えるわよね。じゃ、そのときに。バイバイ」

電話は切れた。

お母さんは受話器をもどして、ため息をついた。

「やれやれ、庭でころんだぐらいでエドウィナおばさまがへこたれるはずはなかったわね。だいたい、九十歳《さい》のお年寄《としよ》りなのに、十五キロもある肥料《ひりょう》の袋《ふくろ》を運ぼうとするくらいなんだもの。よくまあ、ウィロウ・グローブ老人ホームにうつる決心をしてくれたものだわ」

「おばさま、ほんとにあの老人ホームに住むつもりなのかなあ？」

「らしいわ。月曜日から、スター・ディスパッチ新聞に売り家の広告をのせるっていってらしたから」

お母さんは、やかんをみつけて水を注ぎいれた。

「じゃあ、まずは屋根裏《やねうら》からはじめましょうか」

エディが名前を受けついだエドウィナおばさまは、正確《せいかく》にはエディの大・大おばさんにあたる。つまり、ひいおじいさんの妹なのだ。でも、だからといってかよわいお年寄《としよ》りだなんて思うのは大まちがいで、握手《あくしゅ》の力強さはプロレスラーなみだ。転倒事故《てんとうじこ》を起こすまではひとりで庭仕事をこなしたし、お手伝いさんをやとえばというみんなの忠告《ちゅうこく》など、鼻にもひっかけなかった。なんであれ、すじの通らないことは大きらいという人なのだ。

エディは、おばさまのそんなところが好きだった。エドウィナなんて古くさい名前をもらったことも、帳消《ちょうけ》しになるくらいだ。そのおかげで、エディとおばさまのあいだには、特別な思いがかよいあっているのだから。そうはいっても、頭が切れるという点では、エディは逆立《さかだ》ちしたっておばさまにかなわない。かなう人なんて、めったにいないだろう。

「ここはまるでジャングルだわ」

熱気がこもった屋根裏《やねうら》への階段《かいだん》をのぼりながら、お母さんがいった。

「でなきゃ、ミイラのお墓《はか》だね」

エディは、夕べ見たホラー映画《えいが》を思い出してしまったのだ。

お母さんは、階段《かいだん》をのぼりきってうめき声をあげた。

「うへぇ、ちがうわ。アリババに出てくる盗賊《とうぞく》のかくれ家《が》ってとこよ」

山とある段《だん》ボール箱のほかに、電気スタンドの笠《かさ》やら、スーツケースやら、折《お》りたたみいすがいくつもあり、さらには扇風機《せんぷうき》がふたつに、衣装《いしょう》ラックがみっつ、それに人間ひとりがゆうゆうと横になって寝《ね》られそうなほど大きなトランクがひとつ——エディはひと目見るなり、まわれ右して家に帰りたくなったほどだ。お母さんでさえ、一瞬《いっしゅん》ひるんだらしい。けれども、こんなときいつもするようにひとつ大きく息を吸《す》って、お母さんはきっぱりといった。

「でもまあ、思ったよりひどくないわ。まだましよ」

いつも感心するのだけれど、お母さんはピンチにおちいってもあわてない。

たぶん、ケータリング・サービス（注：料理などの宅配《たくはい》サービス、パーティーなどへ

の出張料理《しゅっちょうりょうり》をうけおう）という仕事がら、身につけた能力《のうりょく》なのだと思う。エディの両親の仕事場であるキッチンでは、しょっちゅう突発事故《とっぱつじこ》が起こるけれども、そんなときはあわてずさわがず、見て見ぬふりをするのが一番なのだ。

お母さんにならって、エディも見る目を変えてみることにした——もしかしたら、このがらくたの山の中にお宝《たから》がみつかるかもしれない。

「さて、とにかくどこかからはじめなきゃ」

お母さんは、まずスタンドの笠《かさ》に手をのばした。

「これは捨《す》てるしかないわね。エディ、わるいけどこれをガレージの横においてきて。捨《す》てるものはそこにおいて、うちに持ってかえるものは勝手口におきましょう」

ふたりは、家具や家電品から手をつけることにした。これはそれほどやっかいではない——ほとんどが、家に持ってかえるものに分類された。

つぎはダンボール箱だ。はじめのうちは、捨《す》てるものと持ってかえるものが半はんだった。お母さんは、いちいちていねいに箱の中身をたしかめ、なにかおもしろいものをみつけては、歓声《かんせい》をあげていた。けれどもお昼ごろになると、そんな余裕《よゆう》はなくなり、中身の点検《てんけん》もスピードアップしていった。午後三時には、そのスピードはいよいよまし、ひたすら機械的に箱をよりわけていく。

そのころには、捨《す》てるものの山のほうが大きくなっていた。エディはいったい何度、階段《かいだん》をのぼりおりしたかしれない。もし、どこかにみごとな宝石《ほうせき》がまぎれこんでいたとしても、きっと捨《す》てるほうの山にほうりこまれてしまったにちがいない。

ようやく最後の五箱となったとき、お母さんは腕時計《うでどけい》を見やってうめいた。

「まあ、たいへん。フーパーさんと三時半に約束してたのよ。リビングに、ゴテゴテかざりたてた電気スタンドがいくつかあるでしょ。あれを、あの人のリサイクル・ショップにとどけることになってるの。ちょっと、信じられる？　あんなのがほしいってお客がわんさかいるんですってよ。エディ、わるいけどしばらくひとりにしてもいい？　台所で、ラジオでも聞いていてよ」

「うん、平気だよ」

エディが返事をしたときには、お母さんはもう階段《かいだん》をかけおり、勝手口からとびだしていた。

エディは待つことにはなれっこだった。いそがしい両親を持つと、子どもはいつも二《に》の次《つぎ》にされてしまう。いちいち文句《もんく》をいってもはじまらない。

そこで考えた。ただ待っているのもつまらないな。のこったダンボール箱を調べてみよう。もしかしたら、宝石《ほうせき》とまではいかなくても、なにかいいものが入っているかもしれない。

まず、一番大きな箱を開けてみた。入っていたのは、テーブルクロスとナプキンばかりだった。がっかり。

その箱の下には、取っ手のついた黒い箱があった。留《と》め金《がね》をはずして開けてみると、中身は古いタイプライターだった。これは収穫《しゅうかく》。残念ながら紙がないので、ちゃんと動くかどうかためしてみることはできない。

つぎの箱を開けてみた。中にはぎっしりと、タイプされた手紙が入っていた。オリジナルの手紙ではなく、どうやらカーボンで写しをとったものらしい。どの手紙にも、〈エドウィナ・オズグッド〉とおばさまのサインが入っていた。

一番上の手紙は市役所にあてたもので、あて名は〈ティモシー・ベネット市長殿《どの》〉となっていた。でも、今の市長はそんな名前ではない。日付《ひづけ》を見ると、なんと四十年ちかく前のものだった。

拝啓《はいけい》　ベネット市長殿《どの》
今朝《けさ》がたのこと、くるみ通りの公園を散歩しておりましたおり、いかがかと思うものを目にして心が痛《いた》みました。噴水池《ふんすいいけ》に水がなかったのです。おまけにベンチはすわれたものではなく、花壇《かだん》にはゴミが花とさいておりました。
もしかするとこれは、現代《げんだい》社会にうるおいをという、どなたかのご発案の芸《げい》術《じゅつ》作品なのかもしれません。けれどもわたくしは、さながら『不思議の国のアリス』にあるマッド・ハッターのお茶会にまぎれこんだかのような心地《ここち》がいたしました。

こうした公園は、おかざりのためのものではございません。生活になくてはならないものであり、きちんと整備《せいび》されるべきものであると存《ぞん》じますが、いかがでしょうか。

敬具《けいぐ》

エドウィナ・オズグッド

エディは、ほかの手紙もぱらぱらとめくってみた。下になっているものほど、日付《ひづけ》が古くなっていく。どの手紙も、商工会議所会頭《かいとう》、歴史学会理事長、市議会議長、図書館館長など、市の要職《ようしょく》につく人物にあてたものだった。

そのとき、おもてで車のドアを閉《し》める音がして、じゃりをふんで近づいてくる足音が聞こえた。エディは急いで手紙の束を箱にもどし、その箱をかかえて階下《かいか》にかけおりた。そしてそれを、持ってかえるものの山の上にのせると、ドアを開けてお母さんを出迎《でむか》えた。

そのあと、ふたりは十分ほど作業をつづけ、それから持ってかえるものの箱を車につみこんだ。

「タイプライター、どうする？」

エディはたずねた。

「どうしたものだか。化石みたいなものだからねえ。だからって、捨《す》てちゃうのはどうかと思うし……」

「じゃ、もらっていい？」

「いいわよ。でも、車に乗せる場所があるかしら。あなたの横における？」

お母さんは、作業のリストを取りだし、最初の項目《こうもく》を線で消した。

「これでよし、と！　地下室はお父さんにやってもらいましょう。少しはお父さんにも楽しんでもらわなくちゃね」

＊＊＊

家につくと、エディはお母さんを手伝って、箱の山を勝手口の横につみあげた。ただし、手紙の箱はべつだ。その箱は、二階の自分の部屋に持っていって、ベッドの下に押《お》しこんだ。ありがたいことに、お母さんは掃除《そうじ》好《ず》きというわけではないから、そこにおいておけば安全だった。

なぜ、箱のことを内緒《ないしょ》にしておこうと思ったのか、自分でもよくわからない。エディがたのめば、むやみに捨《す》てなさいというようなお母さんではない。たぶん、人の手紙を読むというのがうしろめたいからだろう。たとえその手紙が、書いた本人でさえ忘《わす》れているようなものであってもだ。

それにしても、これはエドウィナおばさまの若《わか》いころを知る、絶好《ぜっこう》のチャンスだった。一度、昔のおばさまの写真を見たことがある。いかにもスポーツウーマンといったタイプのショートヘアの女性が、旧型《きゅうがた》の車のボンネットにすわって、にっこりと笑っている写真だった。かっこうをつけてななめにかぶった帽子《ぼうし》が、片方《かたほう》の目をほとんどかくしていた。

エディが知っているエドウィナおばさまは、背《せ》の高さはエディとたいして変わらず、風が吹《ふ》いたら飛びそうなほどやせていて、写真の女性とは似《に》ても似《に》つかない。でも、笑顔だけは同じで、エディはその笑顔が好きだった。そして今、そのおばさまの昔を知る手紙が手に入ったのだ。

最後に車にのこったのは、タイプライターだった。エディはそれを、うんうんいいながら自分の部屋に運びいれた。それからベッドの下の箱をひきずりだし、何通かの手紙を手に取った。最初に目についたのは、鉄道局の局長にあてたものだった。

親愛《しんあい》なるマカフェリー様

動物を愛するものとして、駅舎《えきしゃ》を地域《ちいき》のハトたちの止まり木として提供《ていきょう》しようというあなたさまのお心づかいには、いたく感心いたしております。過去《かこ》六か月、天井《てんじょう》近くの窓《まど》がこわれているのを放置なさっているのも、きっとこれら、空飛ぶ友人たちが出入りしやすいようにとの、深いお考えがあってのことなのでしょう。

ただ、たびたび鉄道を利用するものといたしましては、待合室にすわっている間、いつありがたくない落しものが上からふってくるかと思うと、はらはらしてとても落ち着いてはいられない気分であることは申しあげておかねばなりません。

なにとぞこの件《けん》につきまして、よろしくお考えくださいますようお願い申しあげます。全米《ぜんべい》野鳥の会も、とやかくはいわないことと存《ぞん》じます。

かしこ

エドウィナ・オズグッド

つぎの手紙は、警察署長《けいさつしょちょう》あてだった。

拝啓《はいけい》　ロジャー署長殿《しょちょうどの》

月曜日のこと、野球グラウンドを通りかかりましたおり、わたくしは市の交通法規《ほうき》が変更《へんこう》になって、ポプラ通りの西側の車線に自動車販売《はんばい》の店を出していいことになったのかと思ってしまいました。それにしてもおかしなところにと見直してみて、あらためて気がつきました。店ではなく、二重、三重に駐車《ちゅうしゃ》した車の列だったのです。けれどもどの車にも、駐車違反《ちゅうしゃいはん》のチケットははられていませんでした。

その一時間後の帰り道でも、やはりチケットは見かけませんでした。同じ車の列であることは、たまたまおぼえていた車のナンバーからもたしかです。

これはきっと偶然《ぐうぜん》なのでしょうが、それらの車のほとんどには、所有者が市議会議員であることをしめすステッカーがついていました。

おそれいりますが、今後は、これら駐車規制《ちゅうしゃきせい》についての知識《ちしき》に欠けるドライバーたちにしかるべきチケットを発行し、交通法規《ほうき》をご教授《きょうじゅ》いただきたくお願い申しあげます。

敬具《けいぐ》

エドウィナ・オズグッド

エディが見るかぎり、どの手紙もこんな調子だった。交通標識《ひょうしき》がなくなっている、公共の建物の階段《かいだん》がこわれている、繁華街《はんかがい》にはもっと緑があったほうがいいのではないか、新しい本を買うための図書館の予算が少ない――エドウィナおばさまは、どんなささいなことにも目を光らせていたらしい。

エディは、箱の底のほうの手紙をたしかめてみた。一番古いのは、六十年以

上前のものだった。

ためしにいらない紙で計算してみると、おばさまは三十歳《さい》になる前から、二十一年間にわたってこれらの手紙を書きつづけたことになる。ほかに、手紙を入れた箱があるのだろうか？　そうは思えなかった。でも、もしこれでぜんぶだとすると、どうして四十年前に手紙を書くのをやめたのだろう？

エディは手紙を箱にもどし、ベッドの下に押《お》しこんだ。

階下《かいか》におりていってみると、お父さんはキッチンにいて、明日《あす》の、ガーデンクラブの昼食会にとどける料理の下ごしらえをしていた。エディが入っていったときは、オーブンの受け皿の上にクリームしぼりで〝S〟の字をしぼりだしているところだった。カウンターの上には、焼きたてのシュークリームの皮がずらりとならんでいる。

「わあ、パパ、白鳥の湖をつくってるんだね」

「まあ、見ててごらん。みんなをあっといわせてみせるよ」

焼きあがった〝S〟の字は、クリームを入れた皮にさしこんで、白鳥の首になる。皮の上部をうすくそいで切りとったもの二枚《まい》が羽根になる。全体に白く粉砂糖《こなざとう》をふりかけて、白鳥のできあがりだ。

できあがった白鳥は、まわりを花でかざった鏡の上に形よくならべられる。だれだって感嘆《かんたん》の声をあげずにはいられないできばえだ。

エディは背《せ》の高いスツールにすわって、お父さんの仕事ぶりをながめた。

「皮はうまくふくらんだ？」

「雲のようにね。ほら、ためしてごらん」

ぱりっとしていながら風船のように軽い皮が、口の中でとけていく。中のクリームは、昼食会の直前に入れることになっている。

「片《かた》づけ仕事のほうはどうだった？」

お父さんは、受け皿をオーブンにすべりこませながら、エディにたずねた。

「手伝えなくてわるかったね。屋根裏部屋《やねうらべや》の探検《たんけん》を楽しみにしてたんだが、手がはなせなくてな」

「だいじょうぶ、パパには地下室をのこしてあるから」

「やれやれ、ありがたい。で、宝石《ほうせき》でもみつかったかい？」

「まさか」

「スペイン金貨のつまった宝箱《たからばこ》は？」

それを聞いて、エディは前にちょっと耳にしたことを思い出した。

「パパ、おばさまってそんなにお金持ちなの？　あの家は、ふつうの家だよ。大金持ちなら、もっとすごい家に住めるんじゃない？」

「うーん、エドウィナおばさんは、今あるもので十分しあわせなのさ。それはともかく、おばさんとバートおじさんがひと山あてたのは、おじさんが亡《な》くなる六、七年前のことだからね。おまえは、バートおじさんのことをおぼえているかい？」

「うーん、あんまり。ふたりは、どうやってお金持ちになったの？」

「ぶたちゃんせっけんさ」

「ぶたちゃんせっけん？」

「フラフープ以来のアイデア商品だな。バートおじさんは、せっけんで彫《ほ》りものをするのが趣味《しゅみ》だったんだ。ペンナイフを使って、動物やらなんやらを作るんだよ。で、ある日、ブタを作ったときひらめいたんだ。ブタの形のせっけんを売りだそうって。一日中、どろんこ遊びをしたあと、からだをきれいにしなきゃならない、かわいいこぶたちゃんたちのためにね。そのせっけんを使っていくと、中からプラスティックのブタが出てくるんだ。農場ごっこに使うのにぴったりのやつさ。だけど、大ヒットにつながったのは、ブーブー笛のおかげだな」

「ブーブー笛？」

「プラスティックのブタにしこんだ小さなしかけさ。せっけんをふるたびに、ブーブー鳴くんだ。子どもたちはもう夢中《むちゅう》だったな。子どもたちが夢中《むちゅう》だから、親たちも夢中《むちゅう》になった。売れて売れて、バートおじさんは泡《あわ》をくうほど、大もうけしたってわけさ」

「寒いしゃれ。でもパパ、今ぶたちゃんせっけんを売ってないのはどうして?」

「さあねえ。はやりすたりってのは、極端《きょくたん》だからな。フラフープだって大流行したけれど、今じゃたいしたことないだろ?」

お父さんは肩《かた》をすくめて、ため息をついた。

「おじさんが亡《な》くなったのは惜《お》しかったよ。バート・ファーンズワースのような人は、ふたりといないな。アイデアの天才だよ」

お父さんがアイデアを大事にしていることは、エディも知っている。ケータリング・サービスの仕事でお父さんが作るお菓子《かし》は、アイデアいっぱいだ。たとえば、運動靴《うんどうぐつ》の形をしたバースデー・ケーキ——ほんものそっくりのあめ細工の靴《くつ》ひもまでついている。これは大評判《だいひょうばん》だった。

「ファーンズワースって、おじさまの名字《みょうじ》? エドウィナおばさまの名字《みょうじ》とちがうのはどうして？」

「結婚《けっこん》しても、名字《みょうじ》を変えなかったからさ。おばさんは自立心が強いからね」

お父さんは、ほうきを手にとってつけくわえた。

「エドウィナおばさんのような人もふたりといないな。お金持ちになっても、ちっとも変わらない。ただ、毎年チャリティーに多額《たがく》の寄付《きふ》をするようになっただけさ。そのことを知らない人が多いけどね」

「白鳥には、よぶんがあるんだよね、パパ？」

「もちろんだとも。まさか、ガーデンクラブのためだけってわけにはいかないじゃないか。そうだろ？」

ひらめいた！

つぎの朝、エディは自転車で、家のあるオリオール通りから二ブロック先のフェアビュー公園へいってみることにした。友達はみんなそこで遊ぶから、きっとだれかに会えるはずだ。
机《つくえ》の上には、布《ぬの》と羽根でこしらえた小鳥がおいてあった。おばさまの家から運んできた箱のひとつから、お母さんがみつけたものだ。その小鳥を、自転車のハンドルにつけようと思いついて、適当《てきとう》なゴムバンドを探《さが》していると、お母さんがドアロから顔をのぞかせた。手に封筒《ふうとう》を持っている。
「エドウィナおばさまから、あなたに手紙よ」

これまで、おばさまから手紙をもらったことなどない。老人ホームのそばのポストに入れたらしく、差出人の住所は〈ウィロウ・グローブ通り一五六番地〉になっていて、封筒《ふうとう》にはウィロウ・グローブ郵便局《ゆうびんきょく》の消印がおしてあった。

かわいいエディへ
ちっぽけな肥料袋《ひりょうぶくろ》ひとつのせいで、なんという変わりようかしら。それもこれも、あたしが頑固《がんこ》だったからだけど。もし、ご近所の人がとおりかかってみつけてくれなかったら、いったいあたしはどうなっていたことか……。
病院に入っていた一週間というもの、そのことばかり考えていました。そして、これはもうあきらめどきだなと、引っこしを決めたというわけ。で、あたしは世俗《せぞく》をはなれてここへやってきました。今度ころぶようなことがあっても、ここの人たちなら、すぐにまたしゃんと立たせてくれるでしょうからね。
いいニュースがあるの！　やっと歩行器から解放《かいほう》されて、杖《つえ》をつけば歩けるようになりました！

　ウィロウ・グローブをえらんだのは、まちがいではなかったわね。あたしは個室《こしつ》に入っていて（かわいらしい台所を見せたいものよ）、ここのスタッフの人たちともすっかり仲よくなりました。お世話係のビルがいうには、ここの人たち、あたしの名前を聞いてみんな目を丸くしたんですって。あたしって、そんなに有名なのかしら。おどろきよね。

　さて、あたしのことはこれくらいにして、エディ、あなたはどうしてる？　会えなくてさびしいわ。ウィロウ・グローブにもたずねてきてくれるだろうけど、前みたいにすぐ近くじゃないから、しょっちゅうってわけにはいかないものね。

　知ってると思うけど、あたしはあなたに大いに期待してるの。あたしたちには、名前が同じっていう以上のものがあるという気がしてならないから。

　近いうちに遊びにきてちょうだいね。

愛をこめて
エドウィナ・オズグッド

手紙をたんすの一番上のひきだしにしまいながら、エディは首をかしげた。〈大いに期待〉って、どういうことだろう。おばさまはわたしに、なにを期待しているんだろう？

キッチンに入ってみると、お父さんはレンジの前で、大きな鉄なべをかきまわしていた。お母さんは、カウンターでたまねぎをきざんでいる。シュークリームの皮はいくつものお盆《ぼん》にのせられて、白鳥へと変身するときを待っていた。

「演劇《えんげき》クラブから、急ぎの仕事が入ったのよ」

お母さんは、エディの顔を見るなりいって、つぎのたまねぎをきざみはじめた。

「自転車でフェアビュー公園へいっていい？」

「うーん……、まあ、いいだろう。でも、友だちがいなかったら、帰ってくるんだぞ」

うるうるした目をぬぐいながら、お父さんが答えた。

「トウガラシ？」

エディはたずねた。お父さんがかきまわしているものがなんであれ、そのおのこりが今夜の食卓《しょくたく》に出てくることはまちがいない。

「まあね。チリだよ。演劇《えんげき》クラブの人たちは、ピリッと辛《から》いのがお好みなんだ。だから、たっぷりトウガラシを入れたのさ」

「えっ、まさか」

お母さんが、ぱっと顔をあげた。

「わたしもトウガラシを入れたわよ」

お母さんは、大ショックという顔つきでふりむいた。お父さんも顔をあげた。

「ふたりとも、トウガラシを⁉」

ふたりが声をそろえていう。

エディは、これはひきあげどきだなと思った。だいじょうぶ、ふたりならなんとかするにちがいない。いつもそうなのだから。

ヘルメットをかぶると、ガレージから自転車をひっぱりだす。ゴムバンドでハンドルにとまらせた小鳥をゆらしながら、エディは道路へと出た。

しばらくして、公園の中に自転車をこぎいれたとき、なじみのある声が聞こえた。

「おーい、エディ」

ふりかえると、おんぼろ自転車に乗ったロジャー・ベイリーがいた。かごの中に白い袋《ふくろ》が入っている。

ロジャーはエディのクラスメートで、前の学期はずっととなり同士の席だったけれど、あまり親しくはない。クラスでもおとなしいほうで、めったに手をあげることもないくらいだ。でも、さされればちゃんと答える。

エディは自転車をとめ、ロジャーを待った。

「ロジャー……、あんた、こんなところでなにしてんの？」

ロジャーの家は市の反対側だったはずだ。

「ママに買いものをたのまれたんだよ。知ってるだろ、センター通りにある健康食品の店——あそこでパンを買ってこいって。きみんちはこのへん？」

「二ブロック先のオリオール通りだよ」

ロジャーは、エディの自転車のハンドルにとまった小鳥を指さした。

「それ、かわいいね。どこで買ったの？」

「エドウィナおばさまのとこの屋根裏《やねうら》を片《かた》づけてたとき、みつけたんだ」

「そのおばさん……亡《な》くなったの？」

「ううん。ころんじゃってね、そのあとウィロウ・グローブ老人ホームに入ったから……」

「ああ、知ってるよ。うちのすぐ近くだ。おばさんて、すごいお年寄《としよ》りなん

だね」

「九十だよ。ほんとうは大・大おばさんなんだ」

「ぼくの知り合いに、九十の人なんていないな。ウィロウ・グローブに入ってよかったね。近くに住んでたら、しょっちゅう呼《よ》びつけられるもの」

「やだ、平気だよ。おばさまのとこにいくの、好きだもの。おばさまって、ちっとも年寄《としよ》りっぽくないんだ。頭もすごくいいし。ウィロウ・グローブのとなりに住みたいくらいだよ」

「ふうん、そうなんだ」

ロジャーは、なんだか納得《なっとく》できないという顔つきだった。

「そうだ、ごめん。ぼく、ぐずぐずしてられないんだよ。パンを持ってかえったら、歯医者さんへいくことになってるんだもの。歯の矯正器《きょうせいき》をしめてもらうんだ」

「うわっ、痛《いた》そう」

ロジャーは肩《かた》をすくめた。

「でもないよ。もう慣《な》れた。じゃ、またね」

「うん、またね」

エディは、ロジャーが公園の反対側の出口に向かうのを見送った。ロジャーは、その気になったときはけっこうおしゃべり好きらしい。

そのあと、エディは、公園をつっきる道にハンドルを向けた。中央にあるちびっこ広場をとおりかかったとき、お母さんにつれられた小さな男の子が、よちよち歩いているのを見かけた。その子は、幼児用《ようじよう》のブランコを指さして、

「だあ！」と、うれしそうな声をあげた。

でも、よちよちとそちらに向かう坊《ぼう》やを、お母さんがとめた。

「だめよ、ジェイソン。ブランコには乗れないの」

「だあ？」

坊《ぼう》やはびっくりしたように目を見ひらいた。

ブランコは、くさりをわたした柵《さく》で囲われていた。それで思い出したのだけれど、たしか去年《きょねん》の秋、新学期がはじまる前からこうなっていたのでは？　もう十か月も前のことだ。ブランコは修理《しゅうり》が必要だった。このままでは危《あぶ》なくて使えないのだ。

お母さんは、坊《ぼう》やの手をひいてブランコからひきはなした。坊《ぼう》やは泣きだした。

エディは、それまで柵《さく》のことなど気にもとめていなかったけれど、このようすを見て腹《はら》が立ってきた。この坊《ぼう》やだけじゃない。ブランコで遊びたくても遊べない子は、きっとたくさんいるにちがいない。だれだか知らないけれど、ブランコを直すべき人が仕事をなまけているせいだ。

エディはちびっこ広場を通りすぎたあと、公園内を三周した。そのあいだずっと、目にしたことについて考えつづけた。こういうとき、エドウィナおばさまなら手紙を書いたんだろうな。できればわたしだって書きたいけれど、子どものいうことなんて、だれもとりあわないに決まってる。

公園に友だちは遊びにきていなかった。エディは家に帰り、自転車をガレージに入れると、おそるおそるキッチンのドアを開けた。もうごたごたはおさまっているだろうけれど、用心するにこしたことはない。

お母さんは、テーブルにおいた両腕《りょううで》に頭をのせ、ぼうっとした顔つきでかべをみつめていた。

「なんとかなったの？」

エディがたずねると、お母さんは身動きもしないで答えた。

「もちろんよ。あなたは？　公園は楽しかった？」

「うん、まあまあ。白鳥はのこってる？」

「三つ、とっといたわ。冷蔵庫《れいぞうこ》の中よ」

「ひとつ食べていい？」

「どうぞどうぞ。今日のお昼ごはんは遅《おそ》くなりそうだから」

「パパは配達？」

「そう。配達先をまちがえなきゃいいけど。ガーデンクラブのほうに、激辛《げきから》のチリがいっちゃったらたいへん」

エディは白鳥のシュークリームをみつけ、お皿にのせてテーブルに運んだ。いつものことだけれど、どこから食べるかが悩《なや》みでもあり、楽しみでもある。

「ねえ、近いうちにエドウィナおばさまのとこにいく？」

両親は、もう二回、ウィロウ・グローブをたずねているけれど、エディは学校があったのでいけなかったのだ。

「金曜日か土曜日にね。おばさま、手紙ではどんなようすだった？」

「いつもとおんなじ」

「だとすれば、今度いくときにはそこらじゅうを走りまわれるくらいになってるわね」

エディは白鳥を食べおわった。

「なにか手伝うこと、ある？」

〈ない〉という返事を期待しながらたずねてみた。

お母さんはキッチンを見まわした。

「いいわ。ホースで水をぶちまけて、ブルドーザーで押《お》しながすから」

エディは自分の部屋に入った。ベッドの下から箱をひっぱりだし、何通か読んでみる。エドウィナおばさまみたいに書けたら、と思わずにはいられなかった。そしたら市長に、公園のブランコについて文句《もんく》をいえるのに。

いや、だめだ。たとえ手紙を書いても、問題の解決《かいけつ》にはならないだろう。エドウィナ・オズグッドという大人からの手紙だからこそ、まじめにとりあげてもらえるのだ。子どものエドウィナ・オズグッドでは、絶対に相手にされないだろう。きっとすぐにゴミ箱行き――もし市長が、もうひとりのエドウィナからの手紙だと思ったらべつだけれど。

だとしても、読めばすぐにまちがいに気づくにちがいない。

〈そのありさまに、痛恨《つうこん》の思いで……市の財政《ざいせい》が潤沢《じゅんたく》であることは疑《うたが》いもなく……〉などという表現《ひょうげん》は、とてもエディには考えられない。

だったら、そのままねてみたら？　ここからこの言葉、あそこからこの表現《ひょうげん》とひろいあげていけば、なんとかそれらしいものがでっちあげられるのではないだろうか。

エディは、何通かの手紙をつかむと、机《つくえ》のところに持っていった。あっちこっちのひきだしを開けて、ノートと鉛筆《えんぴつ》をとりだし、それからすわって作業にとりかかった。

まずなにからはじめよう？　エディは手あたりしだいに、おばさまの手紙で目についた言葉や表現《ひょうげん》をノートに書きだした。つぎに、書いたものをばらばらに切り、それをつなぎあわせて、いくつか文章を作ろうとしてみた。

これはうまくいかなかった。ちんぷんかんぷんの文章になってしまった。

歴史ある建物の修理《しゅうり》について書いた手紙をみつけて、それをそのまま書き写してみた。手紙に〈アヴェリー劇場《げきじょう》〉とある部分は、ぜんぶ〈幼児用《ようじよう》ブランコ〉とおきかえた。

少しはそれらしくなったけれど、手紙にはエディが見た坊《ぼう》やについてふれた言葉はなかった。それに、ブランコが〈かけがえのない文化の指標《しひょう》〉だとはだれも思わないだろう。

こうなったら、解決法《かいけつほう》はひとつしかない。ノートの新しいページを開いて、エディは自分で手紙を書きはじめた。書きあがると、その中のいくつかの言葉や表現《ひょうげん》を、エドウィナおばさまが書いたものとさしかえた。

あとはあて名だ。差出人のほうは問題なかった。今朝《けさ》、おばさまからもらった手紙の住所を書きうつせばいい。エディは思いついて、おばさまの手紙の中から、市長あてのものを探《さが》しだした。あて名はその形式をまねて、名前だけ今の市長に変えればできあがり。

できあがったものを読みなおしてみて、エディは大満足《だいまんぞく》だった。

拝啓《はいけい》　グレンジャー市長殿《どの》

今朝《けさ》のこと、フェアビュー公園のちびっこ広場で、わたくしはあってはならない場面を目にし、胸《むね》がいたみました。

小さな男の子がお母さんとブランコのそばにいたのですが、その子はブランコに乗りたいのに乗れませんでした。こわれているため、作年の九月からさくで囲われているのです。お母さんにひっぱっていかれながら男の子は泣きだし、とってもかわいそうでした。

いったいどうして、ブランコの修里にこれほど時間がかかっているのでしょう？　小さな男の子はすぐに大きくなります。あのブランコで遊べるのも今のうちなのです。

もしかしたら、直すはずの人がわすれてしまっているのではないでしょうか。それなら、その人に思い出させてあげてください。どうかよろしくおねがいいたします。

こうした公園は、おかざりのためのものではございません。生活になくてはならないものであり、きちんと整備《せいび》されるべきものであると存《ぞん》じますが、いかがでしょうか。

敬具《けいぐ》

エディはノートを閉《と》じて、キッチンに向かった。お母さんは、最後にのこったなべ類《るい》を片《かた》づけているところだった。

「ママ、便せんを少しもらっていいかな？　手紙をタイプしたいんだ」

「いいわよ。わたしの机《つくえ》の一番上のひきだしよ。右側に入ってるわ。封筒《ふうとう》もそこ」

エディは二階にあがって、両親がオフィスとして使っている部屋に入り、手紙二通分の便せんと封筒《ふうとう》をもらった。

自分の部屋にもどると、重いタイプライターを机《つくえ》の上にのせ、ケースを開けてちょっとキーをたたいてみた。キャリッジが動かない。目についたレバーというレバーをいじるうちに、ふいにガチャンとキャリッジが動いた。便せんを一枚《まい》、ホルダーにはさんでまきとると、器械の右側にノートを開いておいた。

二本の指でのタイプ打ちは、遅《おそ》いけれどもミスはない。一行ずつ、エディが走り書きした文章は、きれいにそろった活字になっていく。打ちおわって器械から出てきた手紙は、エドウィナおばさまのものと同じくらいちゃんとして見えた。つづいてしあげた封筒《ふうとう》も同じだった。

問題は、サインだ。エディは、おばさまの手紙のひとつを窓《まど》に押《お》しあて、その上に自分の手紙を重ねて名前を写すしかなかった。ふるえたぎこちない字になってしまったけれど、これでせいいっぱいだ。

もう一通は、エドウィナおばさまにあてる手紙なので手で書いた。

大好きなエドウィナおばさまへ

お手紙、ありがとうございました。今までもらったことがなかったのは、きっとすぐ近くに住んでいたからですね。ママから、おばさまの部屋はとってもすてきで、見はらしもいいと聞きました。

もとのおうちには住めなくなったけれど、あまりしょげないでくださいね。なれるのはたいへんだろうけれど。

もうすぐ遊びにいきます。わたしもおばさまに会えなくてさびしいです。

愛をこめて
エディ

切手は、お母さんの机《つくえ》の上にあるお皿に入っていた。封筒《ふうとう》に封《ふう》をしながら、エディは時計でたしかめた。今ポストに入れれば、週末最後の回収《かいしゅう》にまにあいそうだ。

二通の手紙をつかんで階下《かいか》におり、リビングの前をとおりかかると、お母さんが足を高くしてリクライニングいすにすわっているのが見えた。目を閉《と》じていて、雑誌《ざっし》が手からすべりおちている。両親が変な時間にお昼寝《ひるね》をするのには、もうなれっこだった。夜明け前から起きだして仕事をすることだってあるのだから。

エディは、しのび足で勝手口を出てポストまで走り、一通を差し入れ口から落とした。エドウィナおばさまにあてたほうの手紙だ。

つぎはもう一通の市長にあてた手紙だ。今朝《けさ》、おばさまから手紙をもらったのは運がよかった。でなかったら、差出人の正確《せいかく》な住所がわからなかったところだ。住所？　あやういところで、エディは手紙をひっこめた。そうだ、消印だ。消印は、おばさまからもらった手紙と同じ〈ウィロウ・グローブ〉でなくちゃならない。でも、ウィロウ・グローブは市の反対側。両親はそんな遠くまでひとりではいかせてくれない。どうやって手紙を出せばいいのだろう？

ロジャー……あの子なら出せる。老人ホームと家が近いっていってたから。歯医者さんのせいでうんうんうなって寝《ね》こんだりしていなければ、ここまで自転車で手紙をとりにきてくれるかもしれない。

家に帰ると、エディはまたしのび足でオフィスに入り、ドアをしめた。それから電話帳《でんわちょう》を出して、ベイリーという名前の欄《らん》に指を走らせた。アンドリュー、ジョン、マイケル、ピーター――そしてロジャー。もしかしたらロジャーというのは、お父さんの名前を受けついだものかもしれない。たしかだといえない電話番号にかけるのはいやだけれども、これしか方法はないのだ。

エディはダイヤルした。

呼《よ》び出し音が二回したところで、低い声の男の人が出た。

「もしもし」

「もしもし、ロジャー・ベイリーさんをお願いします」

「わたしがロジャー・ベイリーだが」

「えーと、もうひとりのロジャー――歯に矯正器《きょうせいき》をつけてる……」

「ああ、ちょっと待って。歯医者から帰って、へばっているところだと思う」

かわいそうなロジャー。あんなにいい子なのに、歯列矯正器《しれつきょうせいき》をはめなきゃならないなんて。

やがて、ロジャーが受話器をとった。

「もしもし?」

「ロジャー、エディだよ。ねえ、だいじょうぶ?」

「うん。だれかと頭をとりかえたい気分だけど、だいじょうぶ」

「よかった。ちょっとたのみたいことがあるんだ」

「たのみたいことって?」

不安そうな声だ。

「わたしのかわりに、手紙を出してくれないかな」

しばらくの沈黙《ちんもく》。

「あのさ、エディ、街角にポストって呼《よ》ばれてる箱があるよね。あれ、なんのためにあるか知ってる?」

「やめてよ、まじめな話なんだから。どうしてもウィロウ・グローブの消印がいる手紙なんだ。だから、あんたにたのんでるんじゃない。もし老人ホームにポストがあるんなら、そこが一番いいんだけどな」

「そうしなきゃならないわけがあるってこと?」

「そう。でも、今ここで話すのはまずいんだ。公園で会えないかな。いつなら出てこられる?」

「聞いてみる」

ロジャーは受話器を手でおさえたらしかった。くぐもった声のやりとりが聞こえたあと、またロジャーが出た。

「一時間ぐらいしたら。先にお昼ごはんをすまさないと」

「それでいいよ。じゃ、たのむね」

「うん、あとでね」

これで、手紙は完ぺきだ。ロジャーはたよりになる。

私道《しどう》に車が入ってくる音が聞こえたのと同時に、キッチンからお皿がカチャカチャいう音がひびいてきた。

エディがおりていってみると、テーブルにはたまご料理やら、シュリンプサラダやら、きれいに切りそろえたサンドイッチやらが、ところせましとならべられていた。

お母さんが、にやりとしていった。

「これで、賞をとったベゴニアがあれば、まるでガーデンクラブの昼食会ってとこね。さあ、オズグッド家のガーデンクラブ昼食会へようこそ」

お昼ごはんがすんだとき、エディからまた公園へいくと聞かされて、お母さんはちょっとびっくりしたらしかった。

「あそこで、ロジャー・ベイリーと会うの。わたしが呼《よ》んだんだ」

「ロジャーって、ちょっと歯が出てる子？」

「今はもうちがうよ」

そんなやりとりのあと、エディは自転車で公園にいった。ロジャーはもう入り口で待っていた。

「早かったね」

「うん。ストローで飲むようなお昼ごはんだもん。あっというまだよ。手紙ってどれ？」

エディはリュックから手紙を出した。

ロジャーはあて名をまじまじと見た。

「市長さんあて？　なに、これ」

エディは手紙のことはだれにも話さないつもりだった。でも、わざわざここまで来てくれたロジャーはべつだろう。それにロジャーは、秘密《ひみつ》にしてとたのんだことをいいふらすような子ではない。

「だれにもいわないって、約束してくれる？　べつにわるいことじゃないんだ」

エディはロジャーに、手紙になにが書いてあるか、どうやってエドウィナおばさまのサインを写したかということを話した。

「わたしの名前もエドウィナ・オズグッド。おばさまと同じだもの、まるっきりのうそってわけじゃないよね」

ロジャーがなんだか逃《に》げだしたそうな顔をしたので、エディはつづけた。

「いい？　ブランコは修理《しゅうり》するっきゃないの。この手紙は、そのきっかけを作るためのもの」

ロジャーは手紙を受けとった。

「わかった。どっちみちこの手紙、まっすぐゴミ箱いきかもしれないし」

エディは、いい返そうとしたけれど、やめた。ロジャーのいうとおりだ。エドウィナおばさまの手紙に効《き》き目があったのかどうかさえ知らないのだ。もしかしたら、効《き》き目はなかったのかもしれない。駅舎《えきしゃ》の窓《まど》は修理《しゅうり》されず、くるみ通りの公園もほうっておかれたのかもしれない。

ロジャーが公園を出てセンター通りのほうに自転車を走らせるのを見ながら、エディは思った。こんなことして、時間のむだだったかな。ロジャーにもむだなことをさせたかな……。

とどいた手紙

市庁舎《しちょうしゃ》の自分の執務室《しつむしつ》から、チャールズ・グレンジャー市長――街の人たちは〈人気とり〉グレンジャーと呼《よ》んでいる――は、ヘイウッド通りをいきかう車の流れをながめた。この窓《まど》から〈わが街〉をながめるのが、グレンジャー市長は好きなのだ。

また市長は、月曜の朝が好きだった。それから、無事再選《さいせん》をはたして二期目に入った今、市長である自分が大好きだった。

あと一、二分もしたら、秘書《ひしょ》のハロルドが三つの山に分けた手紙を持って入ってくるだろう。〈即決《そっけつ》〉と分類されているのは、市の重要人物か、前回の選挙で再選《さいせん》に力をつくしてくれた人たちからの手紙だ。〈保留《ほりゅう》〉と分類されるのは、前回の選挙《せんきょ》でべつに力を貸《か》してくれたわけではないけれど、たぶん投票《とうひょう》ぐらいはするだろう人たちからの手紙。〈却下《きゃっか》〉と分類されるのは、破《やぶ》れたような紙になぐり書きでわけのわからないことを書いてくる、絶対《ぜったい》に投票《とうひょう》などしそうもない人たちからの手紙だ。

市長は、くるりといすを回して、うしろのかべにかかった写真をながめた。さっそうと馬にまたがり、にこやかにほほえんでいるという、はじめて立候補《りっこうほ》したときの自分の選挙用《せんきょよう》写真だ。もっともこのダッパー・ダンという馬は、この写真を撮《と》るためにかりてきたよぼよぼの乗馬馬だし、自分もそれまで馬に乗ったことなどなかった。けれど、そんなことでひるむ〈人気とり〉グレンジャーではない。見よ、この勇姿《ゆうし》！　腐《くさ》りきった市政《しせい》の危機《きき》に、市民に警鐘《けいしょう》を鳴らすべく、夜明けの街を疾駆《しっく》する若き候補者《こうほしゃ》！　というところだ。

じつをいうと撮影《さつえい》のとき、人間でいえば七十歳《さい》にもなるダッパー・ダンは、夜明けだろうとほかのときだろうと、疾駆《しっく》などする気分ではなかったらしい。ビデオカメラをかまえたスタッフが待ちうけているにもかかわらず、びくとも動こうとしなかったのだ。だが、そのとき、まともにカメラのフラッシュがあびせられた。驚《おどろ》いたダッパー・ダンは死にものぐるいで走りだし、すばらしいスピードでカメラの前をかけぬけた。ひきつった〈人気とり〉グレンジャーの笑い顔を見れば、人気とり精神が恐怖心《きょうふしん》に打ち勝ったことがよくわかる。

その映像《えいぞう》がテレビでながされると、当時の現職《げんしょく》市長は大喜びでもの笑いのたねにした。けれども、最後に笑ったのは〈人気とり〉グレンジャーだった。十一月には、史上最年少の二十五歳《さい》で市長に選ばれ、ダッパー・ダンにまたがって勝利のパレードを行ったのだ。

就任《しゅうにん》の宣誓《せんせい》が終わるやいなや、グレンジャー新市長は反対派に宣戦布告《せんせんふこく》した。メモ書きされたものはつぎつぎと公式文書となり、デッキブラシや、ペンキのはけや、工事用ドリルを持ったものたちの一連隊《れんたい》が召集《しょうしゅう》された。そのころの市長は、まるで、新しい鉄道おもちゃセットをもらった子どものようだった。眠《ねむ》ったようだった市議会は、たちまち目をさました。そのため、市長になったはじめの何週間こそ、〈人気とり〉グレンジャーは、まるで特急列車のようにかけぬけたが、やがてかべにつきあたった。

税金を使うことについては、反対するものよりも賛成《さんせい》するもののほうが多かった。けれど、どう使うかについては、みんなの意見はてんでんばらばらで、収拾《しゅうしゅう》がつかないことがわかったのだ。

ここにきて市長は、前の市長に対する考え方をあらためざるをえなかった。市議会を乗りきるだけでひと苦労——うまく乗りきるなど、とんでもない話だった。

とはいえ〈人気とり〉グレンジャーは、ほかにとりえがないとしても、状況《じょうきょう》を見てとる能力《のうりょく》だけはずばぬけていた。これを約束し、あれに賛成《さんせい》しながら、あぶなっかしいスタートをきったあとは、着実に業績をつみあげていった。公約とは多少ちがうものだったかもしれないけれど、その業績は、市長としての足もとを固める役に立ったことはまちがいない。少なくとも、道路の舗装《ほそう》、植樹《しょくじゅ》、そしてゴミ収集《しゅうしゅう》の量は確実《かくじつ》にふえた。

そう、任期《にんき》の最初のころ、市長がさまざまな改善《かいぜん》をおし進めたのはたしかだ。やがてだんだんと、これらの計画の実現《じつげん》にかたむける情熱《じょうねつ》が、最初のころよりうすれていったのは、ごく自然の流れでしかない。

とにかく、日常《にちじょう》の業務《ぎょうむ》は、それぞれの担当部署《たんとうぶしょ》にまかせておけばいいのだ。パーキングメーターがこわれているからといって、市長自身に迷惑《めいわく》がかかることはほとんどない。トップに立つものは、より大きな視野《しや》でものごとを見るべきで、細かいことにこだわってはいられない。さもなければ、一生をちまちまと送ることになってしまう。グレンジャー市長は、自分はそれよりずっと大きなことをやるべき人間なのだといつも考えていた。

三十一歳《さい》になった今、ありがたいことに未来は洋ようとひらけている。五年後にどうなっているか、だれが知ろう？　グレンジャー下院《かいん》議員？　グレンジャー知事？　グレンジャー上院《じょういん》議員？　ひょっとしたらその上の……。まあ、考える時間はたっぷりある。

秘書《ひしょ》が、いつもどおりの白シャツに蝶《ちょう》ネクタイという姿《すがた》で戸口にあらわれて、市長はわれに返った。

「やあ、ハロルドか。さあ、お入り。お楽しみをはじめようじゃないか」

ハロルドはバランスをとりながら、手紙の三つの山とコーヒーカップを持って入ってきて、そのぜんぶを市長のデスクにのせた。

「さて、ハロルド、今日は、どんな貴重《きちょう》なご意見があるかな？」

〈ときは金なり〉を信じるたちの市長は、たちまちのうちに〈即決《そっけつ》〉の山を片《かた》づけた。〈保留《ほりゅう》〉の山はもっと早い。市長はのこった手紙の山を机《つくえ》の上に広げながらいった。

「この中に、笑わせてくれるものがあるかな？」

「ありませんよ、市長」

「それじゃ、さっさと持ってってくれ」

ハロルドは、ちらばった手紙を集めはじめた。

「ちょっと待った」

市長はすばやく〈却下《きゃっか》〉の束から一通をとりあげ、差出人を指さした。

「これがあの〈エドウィナ・オズグッド〉なら、大変な重要人物だぞ」

ハロルドはまっ赤になった。

「申しわけありません。知りませんでした」

「知るはずがないさ。四十五歳《さい》以下の人間で、知っているものはほとんどいないんじゃないかな」

市長は、封筒《ふうとう》から便せんを引きだした。

「このエドウィナ・オズグッドという女性はね、大変なお金持ちなんだ。はじめて市長に立候補《りっこうほ》したとき、会ったことがある。頭の切れる人だよ——舌《した》も負けずおとらずだがね」

　エドウィナ・オズグッドとかわした握手《あくしゅ》の力強かったことや、見すかすようにまっすぐにこちらを見るまなざしのことは、今でもありありとおぼえている。どうもこの女性は、自分をそれほど高く評価《ひょうか》してくれなかったらしい――そう感じて、気まずい思いをしたものだ。案《あん》の定《じょう》、彼女から選挙用資金《しきん》を引きだすことはできなかった。

　ハロルドは、市長の肩《かた》ごしに手紙を読んでいった。

「市長、切れる女性《じょせい》にしては、文章が幼稚《ようち》だし、字のまちがいもありますよ。サインもなんだか変です。だれかのわるふざけじゃないんですか？」

「うーん、それはいえるな。だれかに調べさせたほうがよさそうだ」

〈だれか〉とは自分のことだと、ハロルドはわかっていた。

「そのオズグッドさんに電話をして、手紙を書いたかどうか問い合わせてみましょうか？」

「それはだめだ。もし彼女《かのじょ》が書いたとしたら、問い合わせを無礼《ぶれい》だと感じるだろう。うまく立ちまわることだよ、ハロルド。それがかんじんだ」

ハロルドはその手紙を回収《かいしゅう》すると、戸口へ向かった。

「わかっているね、ハロルド。これは最優先事項《さいゆうせんじこう》だよ」

「はい、市長」

なぜなのかは、聞くまでもないことだった。


自分の持ち場にもどって、ハロルドはなにから手をつけるべきかをじっくりと考えた。一番いいのは、自分の足でその住所をたずねてみることだ。近所にいるうわさ好きな人でも、つかまえられるかもしれない。

手紙の住所にある一五六番地は、そう遠くなく、十分も歩かないうちについてしまった。指折りのお金持ちの家だというので、さぞかし優雅《ゆうが》でみごとな豪《ごう》邸《てい》だろうと予想していたのに、目の前にあるのはウィロウ・グローブ老人ホームだった。

こいつは運がいい！　ウィロウ・グローブには、母親のいとこのドロシーが看護師《かんごし》として働いているのだ。おあつらえむきに、近くに公衆《こうしゅう》電話があった。

さっそく電話してみると、ドロシーは出勤《しゅっきん》していて、休憩《きゅうけい》時間に会えることになった。

一時間後に、ハロルドはドロシーとレストランでおちあった。まずは仕事のことをたずねた。

「まあまあよ。ああしろ、こうしろとうるさい人もいるけど、あたしはベテランだもの。あつかいにはなれてるわ」

「ああ、なるほど。でも、中にはちょっと、えーと、子どもがえりしたみたいな人もいるんだろ？」

「まあね。だけど、ほとんどの人はしっかりしたものよ」

ハロルドは、本題に入ることにした。

「ウィロウ・グローブには、市長の知り合いがいるそうだよ。エドウィナ・オズグッドという人なんだけど」

ドロシーは目を丸くした。

「エドウィナ・オズグッドって、市長さんのお友だちなの？」

「らしいよ」

「よりにもよってねえ」

ドロシーは頭をふった。

「あの人、老人ホームの図書室にましな本をそろえなかったら、公約違反《いはん》で市長を訴《うった》えかねないわよ」

「彼女《かのじょ》、ホームには長いのかい？」

「一か月かしら。一年にも思えるわ」

「彼女《かのじょ》ってさ、その……子どもみたいなタイプ？」

「いたずらっ子みたいかっていうつもりなら、そのとおりね。昨日《きのう》もそう。

ガードマンの目をぬすんで正面玄関《しょうめんげんかん》からぬけだして、ウィンドウショッピングとしゃれこんだんだもの。それも二回目よ。一回目は、映画《えいが》を見にいったの。ホームでやる映画《えいが》は、退屈《たいくつ》きわまりないって。あの人が見たいのは、アクション映画《えいが》なんですって」

「というと、彼女《かのじょ》、ひとり歩きができるくらい元気なんだ」

「まさにそのとおり。杖《つえ》をつかなきゃならないし、手は少しふるえるけど、からだそのものはめちゃくちゃ元気」

「家族はいるんだろうね。電話をかけたり、えーと、手紙を書いたりする？」

「そうね、家族にかどうか知らないけど、こないだ、ホームにある古いタイプライターで手紙を打っていたわ」

それからもうしばらく話をしたあと、ハロルドは急いで市庁舎《しちょうしゃ》にもどって、市長に報告《ほうこく》した。

「ドロシーがいうには、彼女《かのじょ》っていたずらっ子みたいだそうですよ。あの手紙のまちがいも、そのせいじゃないでしょうか。いわば、まあ、子どもがえりってやつでしょう」

市長の印象では、エドウィナは子どもがえりするようなタイプにはとても見えなかった。かつて子ども時代があったとさえ思えなかったくらいだ。

けれど、ハロルドの報告《ほうこく》はそれだけではなかった。

「サインの件《けん》は、かんたんに説明がつきます。手がふるえるんだそうです。それに――」と、ハロルドは自信たっぷりにつけたした。「少し前に、タイプライターで手紙を打っていたそうです」

「ちょっと待てよ。ウィロウ・グローブにいるのなら、どうやって市の反対側にあるフェアビュー公園のブランコを見られるんだ？　あそこにいるお年寄《としよ》りたちに、そんな遠出ができるとは、とても思えんね」

「杖《つえ》をつけば歩けるんですよ。ドロシーがいうには、彼女《かのじょ》は二度ばかりホームをぬけだして、市内見物に出かけたそうです。二十六番のバスに乗れば、ほとんど歩かなくてすみますしね」

「なるほど」

市長はいすから身をのりだした。

「ハロルド、思うに、そのブランコはなんとかしなきゃなるまい。フレッド・トンプソンを電話口に呼《よ》びだしてくれ。公園課の連中に、はっぱをかけるころあいだ。今年度の予算を、連中は生かしていないんじゃないか？」

「手紙への返事はどうしましょう。代筆《だいひつ》しておきましょうか？」

「いや。わたしが知るとおりなら、エドウィナ・オズグッドには慎重《しんちょう》にあたったほうがいい」

なによりまず、こっちの力を見せつけてからのことだ、と市長は思った。

秘書《ひしょ》がオフィスを出ていくと、市長はいすをくるりと回して窓《まど》のほうを向いた。

エドウィナ・オズグッドに関する話なら、先輩政治家《せんぱいせいじか》から聞いたことがある。

なんでも、はじめは変人あつかいで、だれも相手にしなかったらしい。けれどやがて、手紙の送り主は、一度かみついたらはなれないブルドッグのような女《じょ》性《せい》なのだということがわかってきた。とにかくしつこいのだ。いくらもしないうちに、その女性《じょせい》からの手紙は最優先《さいゆうせん》で処理《しょり》されるようになった。

自分が知るかぎり、エドウィナ・オズグッドは何年も前に市政《しせい》にかかわるのをやめたはずだった。でもどうやら、また市政改革《しせいかいかく》の虫がうずきだしたらしい。もしかしたら、遺産《いさん》をどうするかを考えはじめたのではないだろうか。ここでうまく気をひけば、まとまった金額《きんがく》を寄付《きふ》してもらえるかもしれない。あるいは、市議会がお金を出ししぶっているいくつかの重要な計画に対して、資金《しきん》を提供《ていきょう》してくれるかもしれない。

お金の使い道ならいくらでもある——郵便局《ゆうびんきょく》を改築《かいちく》するとか、繁華街《はんかがい》をきれいなイルミネーションでかざるとか、スケート場の整備《せいび》とか……。テープカットの機会もふえるだろうし、たびたび自分の写真が新聞紙面に登場することにもなるだろう。晴れやかに笑った顔が、一面のトップをかざるのだ。そう、エドウィナ・オズグッドが気前よくちょっとした寄付《きふ》をしてくれるだけで、ずいぶんいろいろと変わってくる。考えてみれば、アメリカ独立記念《どくりつきねん》日《び》の七月四日ももうすぐだ。今年は日曜日にあたっているし、タイミングとしてはこれ以上ないというくらいぴったりだ。

内線通話のブザーが鳴った。

「なんだね、ハロルド」

「トンプソンさんが電話口に出ました」

市長は受話器をとった。

「トンプソンくん、きみは〈至急《しきゅう》〉という言葉の意味を知っているかね……」

月曜日、エディは一日中手紙のことが気になっていた。手紙は市長さんのところについたかな？　ちゃんと読んでもらえたのかな？

けれども日がたつにつれ、だんだんそのことは気にしなくなった。プールにいったり、映画《えいが》にいったり、パジャマ・パーティーにいったりといそがしかったからだ。

そのあいだに両親は、昼食会を三回と、受賞祝いのディナー・パーティーを一回引きうけて、キッチンはてんてこまいだった。

それもどうにか片《かた》がついて、金曜日、一家はそろっておばさまのところに出かけた。

「あらまあ、みんな！」

エドウィナおばさまは、片方《かたほう》の手をさしのべながら近づいてきた。もう一方の手は杖《つえ》をついている。

エディはうっかり、杖《つえ》のことを忘《わす》れていた。でも、握手《あくしゅ》をかわしたときのおばさまの手は、前と変わらず力強かった。

「来てくれてうれしいわ。さあ、バラ園にいって話しましょう」

そのときエディは気がついた。ドアへと向かうおばさまを、二人の看護師《かんごし》さんが目を光らせて見ている。おばさまはその二人に手をふった。

「だいじょうぶよ、看護師《かんごし》さん。今日は野外活動はなし。そんなひまがないのよ」

それから、かがみこんでエディにささやいた。

「いつもはね、あの人たちをハラハラさせてあげることにしてるの。おもしろいんですもの」

みんなは木かげのベンチをみつけてすわった。

「おばさま、お元気そう」

と、お母さんがいった。

「九十にしては、でしょ。それをべつにしたら、どんなものかしらね」

「いやいや、上等でしょう。ここの職員《しょくいん》たちをてんてこまいさせるのが性《しょう》にあってるせいじゃないかな」

お父さんがいうと、おばさまはいきなり大声で笑いだした。ほかのベンチにすわった人たちがふりむいたくらいだ。

「おやまあ、ケネス、大当たりだわ」

「もう、ここになじんでいらっしゃるみたいね。で、住みごこちはいかがです？」

お母さんがたずねた。

「そうねえ、わが家と同じってわけにはいかないけど、それはしようがないわよね。それをのぞけば、まあいいんじゃないかしら。ほら、こんな庭もあってくつろげるし、とても気持ちのいいサンルームもあるの。冬になったら、毎日ひなたぼっこをして肌《はだ》を焼いてみようと思ってるのよ。たしかにここの入居費《にゅうきょ》用ときたら、ベルサイユ宮殿《きゅうでん》にだって住めそうなくらいお高いけど、それだけのことはあるかしらね。あたしが二、三、提案《ていあん》したせいもあるけど」

「おやおや」

お父さんがつぶやいた。

「たとえばね、ここのバラを少し抜《ぬ》いて、苗床《なえどこ》を高くした菜園を作ったらどうかと思うの。それなら、車いすを使っているお年寄《としよ》りだって世話ができるでしょ。もちろん、バラもいいけど、ちょっとばかり野菜を育ててみたい人だっているかもしれないじゃない」

お母さんはため息をついた。

「提案《ていあん》するのもいいけれど、一週間にひとつずつくらいにしてくださいな。でないと、職員《しょくいん》の人たち、ストライキを起こしかねませんからね」

「心がけておくわ」

と、おばさまはいって、エディに顔を向けた。

「で、あんたはどうしてたの？」

「えーと、自転車で走りまわったり、プールにいったり、ミステリーを読んだり……そんなとこかな」

胸《むね》がドキドキした。うそというわけではないけれど、うしろめたい。

「そうそうエディ、あたしの部屋を見てみたい？」

話題が変わって、エディはほっとしてうなずいた。それに、おばさまがどんな部屋でくらしているのか、興味《きょうみ》もあった。

みんなは、二階のおばさまの部屋までエレベーターであがった。思ったよりも小さいけれど、日あたりがよく気持ちのいい部屋で、窓《まど》からは庭が見わたせた。とくに気にいったのは、かわいらしい台所だ。

「たまごをゆでるにはこれでじゅうぶん。今のところ、それくらいしか料理する必要《ひつよう》がないの」

と、おばさまはいった。

「ここの食堂はどうです？　おいしいですか？」

お父さんがたずねた。

「三ツ星レストランってわけにはいかないけど、わるくないわよ。じつをいうとね、そろそろお昼ごはんの時間なの。だから、あんたたちを送りがてら、あたしも下へいくわ」

エディたちは玄関《げんかん》前でおばさまと別れた。

車の後部座席《こうぶざせき》から、エディは、車がかどをまがっておばさまの姿《すがた》が見えなくなるまで、ずっと手をふりつづけた。

はい、チーズ

つぎの朝、エディが貸《か》し出《だ》し期限《きげん》をすぎた図書館の本を探《さが》していると、電話のベルが鳴った。キッチンから、お母さんが呼《よ》んだ。

「あなたに電話よ、エディ」

お母さんは、うす焼きのしょうがクッキーを作っているところだった。おかげで、受話器が蜜《みつ》でべたべたする。

「もしもし?」

「エディ? ロジャーだけど、今日、公園にいった?」

「まだ」

「じゃ、いってごらんよ。ちょっとした見ものだから」

「なんなのよ」

「自分の目でたしかめたほうがいいよ」

エディは、あたふたと裏口《うらぐち》からとびだした。

「行き先！」と、お父さんがどなった。「帰りの時間は？」

「ヘルメットをつけて！」と、お母さんがどなった。

ガレージから自転車を出しながら、エディはどなりかえした。

「フェアビュー公園。三十分くらい」

それからヘルメットをかぶった。

「ヘルメット、オーケー！」

フェアビュー公園に近づくと、ガチャガチャ、ドスンドスンとにぎやかな音が聞こえてきた。入り口近くには、市の公園課のトラックがとめられている。

エディはそのトラックをかわして公園に入り、ちびっこ広場を目ざした。

くさりのフェンスが、半分ほどまきとってわきへ片《かた》づけられていた。エディは自転車をおり、手でひさしを作って目をこらした。作業員の一団《いちだん》がツルハシやシャベルをふるい、幼児用《ようじよう》ブランコのまわりをほりさげている。

「ブランコの土台のセメントをほりおこしてるところだよ」

うしろで声がして、エディはふりかえった。

「ロジャー！　家じゃなかったの？　さっきの電話は……」

「入り口んとこの公衆電話《こうしゅう》からかけたんだ。番号案内できみんちの電話を教えてもらったら、えらくお金がかかっちゃった。だけど、これを見せたくってさ」

「ありがと、ロジャー。お金は返すからね」

「そんなのいいさ。見物料だと思えば安いものだよ。どうやらあの手紙がきいたみたいだね」

ふいにエディは不吉《ふきつ》なことを思いついた。

「ロジャー、まさかあの人たち、ブランコを持ってっちゃったりしないよね。

あとはほったらかし、なんてことはないよね」

「やだな。トラックの上のものを見なかったのかい？　来なよ。見せてあげる」

トラックは、荷台のうしろわくが開けはなたれていた。その上に乗っているのは、明るい色にぬられた真新しいブランコだ。これまで見た中で一番きれいだ、とエディは思った。


つぎの土曜日の朝、フェアビュー公園のちびっこ広場に集まった人びとの一番前に、エディの姿《すがた》があった。エディの両親とロジャーもいっしょだ。広場の入り口には、白いリボンがわたしてある。その向こうには、新しいブランコ。いっしょに新調されたすべり台や噴水池《ふんすいいけ》とならんで、ひときわ輝《かがや》いて見える。くさりのフェンスは、植えこみの垣根《かきね》へと華麗《かれい》な変身をとげていた。

黒い車が近づいてきて、人びとのあいだに拍手《はくしゅ》がわきおこった。助手席のドアが開いて、とびおりてきたのは市長だ。にこやかに笑い、手をふりながら、市長は新しく植えられた芝生《しばふ》を歩いてくる。

　この一週間、へとへとになるまで働かされた公園課の課長が、にこにこしながら市長を出迎《でむか》え、その手をとって大きく上下にゆすって握手《あくしゅ》した。そのあとは、市長の先見《せんけん》の明《めい》とその指導力《しどうりょく》をたたえる演説《えんぜつ》。つぎには市長が、トンプソン課長のチャレンジ精神《せいしん》を熱心に語った。その精神《せいしん》こそが国の基盤《きばん》であり、その精神《せいしん》を胸《むね》に多くの人が自由と正義《せいぎ》のために戦ったのである——市長自身もその精神《せいしん》を持ちつづけるよう常《つね》に心がけつつ、市民のためにあらゆる努力をおしまない、という内容《ないよう》だった。

　エディは、そこで語られる言葉のひとつひとつに拍手《はくしゅ》を送った。中には、それまで、どうでもいいと思っていたこともまじっていたけれど、とにかく、ブランコが新しくなったのはすばらしいことだ。エディは、ほこらしかった。

　やがて市長に大きなはさみが手わたされた。チョキン！　リボンがはらりと落ちて、歓声《かんせい》、指笛、拍手《はくしゅ》がいっそう大きくなった。

日曜日、地方新聞のスター・ディスパッチ紙には、ちびっこ広場のテープカットの写真が二段《だん》ぬきで掲載《けいさい》された。二面の〈街のあれこれ〉というコラムだ。市長はコーヒーを飲みながら、そのコラムをプロの目でじっくりとながめた。いつものことながら、自分は写真うつりがいい。リボンをカットする姿《すがた》は、自信と力強さにみちあふれている。一面に掲載《けいさい》されなかったのはいかにも残念だが、記事の内容《ないよう》はなかなかいい。


オズグッド家の朝食の席では、マンガそっちのけで〈街のあれこれ〉を読みふけるエディを見て、お父さんが驚《おどろ》いたように片方《かたほう》のまゆをあげた。

「見てよ、パパ。わたしたちがうつってるよ」

エディはわざわざ新聞を持ちあげて、その部分を指さした。

同じころ、ウィロウ・グローブ老人ホームのバラ園でも、エドウィナおばさまが新聞を広げ、見出しから見出しへと目を走らせていた。二面のちびっこ広場の写真をちらりと見、つぎのページをめくろうとしたとき、その手がとまった。

「見てちょうだい、ミルドレッド」

おばさまは、ベンチのとなりにすわった女性《じょせい》をひじでつついた。

「この子、あたしのおいっ子の孫娘《まごむすめ》なの。なかなかたいした子なのよ」

その日の夜、エディと両親は独立記念日《どくりつきねんび》の花火を見るためにフェアビュー公園へ出かけた。夜空につぎつぎとはじけるきらびやかな花火を見ながら、エディは思った。これまでの七月四日のなかで、今日が最高！

つぎの朝、市長はデスクに向かって、なんとか手紙を書きあげようと四苦八苦《しくはっく》していた。いいまわしには、よくよく気をつけねばならない。公園の修理《しゅうり》について、自分の手柄《てがら》をしっかり伝えなければならないけれど、自慢《じまん》たらしくなってもいけない。あの女性は、鼻高だかにうぬぼれるものを見れば、その鼻をへし折ってやろうと手ぐすねをひいているようなところがある。

市長は立ちあがり、だれもいないデスクの列をすりぬけて給湯室《きゅうとうしつ》にいき、コーヒーをいれた。今日は振《ふ》り替《か》え休日で、役所の中は静まりかえっていた。だからこそ、手紙を書くのにもってこいだと思ったのだ。

また腰《こし》をおろし、役所の便せんにペンを走らせた。二、三行書いて、線で消す。また書く。消す。書く。消す。便せんをめくりとって、さらに書く。また消す。

とうとう、市長は便せんをくしゃくしゃに丸め、くずかごにほうりこんだ。エドウィナ・オズグッドは新聞を読んでいてくれるだろうか——それに望みをかけるしかない。

＊＊＊

同じ朝、オズグッド家ではお母さんが、自慢《じまん》のラザニア作りにとりかかっていた。でも、その最中にリコッタチーズを切らしていることに気づいたから大変。すぐさまお父さんがフェラーラさんの食料品店に、車で買出しにいくことになった。店は市の反対側なのだけれど、お母さんはほかの店のものは信用できないという。

エディはついていくことにした。その店のにおいが大好きだし、なにより、フェラーラさんは気前よく、なんでも味見させてくれるからだ。

窓《まど》を開けはなした車でオリオール通りにさしかかると、フェアビュー公園のほうからにぎやかな歓声《かんせい》や笑い声が聞こえてきた。

お父さんは車を止め、野球場のむこうのちびっこ広場を見やった。小さな子どもが三人、ブランコに乗っていて、親たちに押《お》してもらっていた。

それを見ながらお父さんがいった。

「公園で楽しく遊べるっていうのはいいもんだな」

そのかげになにがあったか話せたら……。

でも、エディがなにかいう前に、お父さんはまた車をスタートさせた。

「今日、フェラーラの店が開いてるといいんだがな。なんといっても休日だ」

「開いてるにきまってるよ」

フェラーラさんは、いったいいつ家に帰るんだろうと、ときどき不思議に思うくらいなのだ。

お父さんは、フェラーラさんの店の一ブロック手前の横丁に車をとめた。そこから店まで歩いていきながら、エディは雲を指さした。

「あそこの雲、白鳥のシュークリームにそっくり。そう思わない、パパ？」

お父さんはうなずいた。

これ以上はのぞめないほど、気持ちのいい日だった。なにもかも、申し分がない。

と思っていたところに、その空き地が目に入った。

フェラーラ食料品店と、ジェロッド雑貨店《ざっかてん》にはさまれた空き地だ。地面に玉石がしきつめられているのは、たぶん、昔の通りのなごりだろう。でも、そのころをしのばせるのは枯《か》れた木の切《き》り株《かぶ》だけで、今ではそこらじゅうゴミ、ゴミ、ゴミ。まるでゴミの展示場《てんじじょう》だ。今日の目玉の展示物《てんじぶつ》は、かびてくさったようなひじかけいす。いずれは片《かた》づけられるだろうけれど、それもつかのまで、すぐにまた同じくらいきたならしいものが捨《す》てられる。

エディがおぼえているかぎり、ここはいつもこんなふうだった。でも、今朝《けさ》はそれがみょうに気にさわる。

エディとお父さんは、日のあたる通りから、神秘的《しんぴてき》な洞《どう》くつのようなフェラーラさんの店に入った。天井《てんじょう》からは、鍾乳石《しょうにゅうせき》ならぬソーセージがぶらさがり、床《ゆか》においたバスケットからは、ねじれた長いパンが何本もつきでている。細長い

洞《どう》くつのさらに奥《おく》を形づくるのは、ほとんどがチーズ――そしてそのうしろにひかえて、このまかふしぎな空間を支配《しはい》しているのが、フェラーラさんだ。

フェラーラさんはにっこりとふたりに笑いかけ、へらの先にチーズをひと切れのせてさしだした。

「モッツァレラチーズをスモークしてみたんだ。味見してみないか？」

残念なことに、ラザニアというやっかいごとをかかえているふたりは、そうのんびりしているわけにもいかず、チーズを五切れとソーセージを二切れしか味見できなかった。

フェラーラさんは、不満そうだった。

「このつぎは、こんなにせかせかしなさんなよ」

そしてカウンターから手をのばして、ゴマ入りクッキーを一枚《まい》、エディにくれた。

フェラーラさんがチーズをはかっているあいだに、エディは聞いてみた。

「ねえ、となりの空き地はだれのものなの？」

フェラーラさんは、うんざりしたように顔をしかめた。

「市の土地なんだよ。何年も前に、売ってほしいとたのんだんだがね……。あそこにテーブルをおいて、ちょっとしたカフェにしようと思ったんだが、売ってもくれなければ片《かた》づけてもくれない。どうしようもないよ」

エディは、つぎの手紙を書こうなんて思ってもいなかった。でも、もしかしたらフェラーラさんの役に立てるのでは？　少なくとも、空き地を片《かた》づけてもらえれば……。そんなのは簡単《かんたん》なことだし、お金だってほとんどかからないはずだ。

家に帰ると、エディはさっそく鉛筆《えんぴつ》と便せんを持って机《つくえ》に向かった。今度も、エドウィナおばさまの手紙からいくつか表現《ひょうげん》を借りて、それらしく手紙をしあげた。

拝啓《はいけい》　グレンジャー市長殿《どの》

フェアビュー公園のちびっこ広場をなおしてくださって、ありがとうございました。みんな、とてもよろこんでいます。

さて、本日はまた、住みよい街づくりについてぜひお考えいただきたいことがあり、ペンをとりました。つまり、センター通りとワレン通りのかどに近い、フェラーラ食料品店のとなりにある目ざわりな空き地についてです。

フェラーラ氏は大変新切な方ですが、とても働きものでもあり、お店の前の歩道を日に二度は（風の強い日にはもっと）そうじしているくらいです。そんな人のお店のとなりに、あんなゴミだらけの空き地があるのはいかがなものでしょうか。フェラーラ氏は空き地を買い取り、カフィを開きたいそうです。

この件《けん》につき、ぜひあなたさまのお力ぞえをいただきたく、かくべつのご配りょをお願い申しあげます。

敬具《けいぐ》

エディがキッチンにいってみると、お母さんはオーブンからラザニアを取りだしたところだった。

「見てちょうだい、このラザニア。雑誌《ざっし》の表紙をかざってもおかしくないくらいだわ」

「また、便せんをもらってもいい？」

「もちろんですとも」

お母さんはラザニアをさますために、受け皿を棚《たな》にのせた。

「雑誌《ざっし》の表紙なんてものじゃないわ。美術館《びじゅつかん》にかざるべきね」

エディは手紙のタイプにとりかかった。しあげはサインだが、今回はもっと書きやすいペンをみつけたので、ずっとましなサインになった。やるべきことは、あとひとつ。

電話をかけると、ロジャーが出た。

「ロジャー、もう一回、手紙を出してくれないかなあ」

返事がない。しばらくしてから口笛が聞こえた。矯正器《きょうせいき》をつけたままで、はじめてロジャーが口笛を吹《ふ》いてみせたときは、みんな感心したものだった。

「あれをもう一回やるつもりなの？」

「まあね」

ふたりは、フェアビュー公園でおちあうことにした。エディがやきもきしながら待っていると、ロジャーが公園の入り口に姿《すがた》を見せた。そのとき気がついたのだけれど、ロジャーは自転車のバランスの取り方がうまいとはいえず、ペダルをこぐのもひどくゆっくりだった。それでも、ちゃんといきたいところにいけるのだからたいしたものだ。

「フェラーラさんのためなんだ」

手紙を取りだしながら、エディはいった。

「フェラーラさんとこのとなりの空き地、知ってるよね」

「うん、ゴミためのことだろ」

「じゃあさ、あそこを見張《みは》っててよ」

エディは封筒《ふうとう》から便せんを出して、ロジャーにさしだした。

「なにか起きたら、教えて」

ロジャーは、ざっと手紙を読んだ。

「あそこがきれいになったら、フェラーラさん、お礼に一生かかっても食べきれないくらいのソーセージやチーズをくれるかもね」

「そのときは、あんたにもわけてあげる」

と、エディはいった。


ハロルドは、じっと待っていた。市長は指で机《つくえ》をたたきながら、窓《まど》の外をながめている。机《つくえ》の上には、エドウィナ・オズグッドからの手紙がのっており、市長は無意識《むいしき》のうちに鼻歌をうたっていた。

ハロルドは、そのじゃまをしたくはなかった。市長は、大事な考えごとをするときに鼻歌をうたうのだ。でもここらで、市長がふんぎりをつけられるよう、ひとこといってもいいのではないだろうか。

「あの空き地なら知っていますよ、市長。トラック一台と清掃員《せいそういん》をふたりやれば、週末までには片《かた》がつくでしょう」

「だがね、ただ片《かた》づけりゃいいってものでもないだろう」

「それだけじゃ、だめですか?」

「だめだね。かんじんなのは、財界《ざいかい》とのあいだに、将来《しょうらい》にわたる協力関係を築《きず》くことだよ、ハロルド。そりゃたしかに、はじめはわたしもちょっとばかりがっかりしたさ。あのおばあさんからなんにも反応《はんのう》がなかったからね。だが、ここにきて、こちらの能力《のうりょく》をしめすつぎのチャンスをもらったわけだ。カフェだよ、ハロルド。古きよき時代のカフェだ。よし、ジャック・マーフィーを電話口に呼《よ》びだしてくれ」

市長は、頭痛薬《ずつうやく》のびんを手探《てさぐ》りしながら思った。少なくとも、これでわかったじゃないか。エドウィナ・オズグッドはちゃんと新聞を読んでいるんだ。

市長が二通目の手紙を受けとった十日後、新聞の〈街のあれこれ〉欄《らん》に三段《だん》ぬきの写真がのった。市長がフェラーラさんと握手《あくしゅ》をしている写真だ。ふたりのうしろには、それを見まもる人びとが写っており、その中にはピクニックテーブルについているふたりの子どもの姿《すがた》もあった。写真のタイトルは、〈目ざわりな空き地が、すてきなカフェに変身〉というものだった。

そえられた記事には、空き地にパラソルつきのしゃれたテーブルがいくつもおかれ、木が植えられ、鉢植《はちう》えの花がかざられて美しく生まれかわったことと、フェラーラ氏がわずかな使用料でその場所を借りうけたことが書かれていた。

また、このことについて、フェラーラ氏のつぎのようなコメントものっていた。

「お役所ってのは、いったいどうなっているんだろうね。うれしすぎて、あれこれ詮索《せんさく》する気にもなれんが、きっとどこかに正義《せいぎ》の味方《みかた》がいるにちがいないよ」

市庁舎《しちょうしゃ》の執務室《しつむしつ》で、市長は満足げにじっくりと写真をながめた。自分のうしろに子どもがふたり写っているのに気づき、どこかで見たような顔だなと思った。ことにちぢれ髪《がみ》の女の子のほうに見おぼえがある。どこで見たのだろう？

エディは、オズグッド家のオフィスからロジャーに電話をかけて、新聞二面の〈街のあれこれ〉を見るようにいった。そして、お昼前にフェアビュー公園で会う約束をとりつけた。

ウィロウ・グローブ老人ホームの食堂で、エドウィナおばさまはカップに入れた紅茶《こうちゃ》のティーバッグをゆすりながら、まじまじと写真をみつめた。一か月のうちに二度もエディが新聞にのるなんて、偶然《ぐうぜん》にしても不思議だこと……。

お昼前、エディとロジャーはフェアビュー公園のベンチにすわり、よちよち歩きの子どもがふたり、噴水池《ふんすいいけ》のそばで遊んでいるのをながめていた。

「残念だなあ。だれのおかげであの空き地がきれいになったか、フェラーラさんにいえないんだもの」

と、ロジャーがいった。

「だよね。でも、今のところはふたりだけの秘密《ひみつ》にしとかなきゃ」

「で、なんだってぼくを呼《よ》びだしたのさ」

「うん、考えてたことがあるんだ。わたしたちが出した手紙、けっこう役に立ったじゃない。フェラーラさんはカフェがやれて大喜びだし、ほら、そこのおちびちゃんたちだって」

そのおちびちゃんたちは、噴水池《ふんすいいけ》に出たり入ったりして、きゃっきゃとはしやいでいた。

「改善《かいぜん》できる場所って、ほかにもたくさんあると思うんだ。あちこち気をつけて見てまわれば、いろいろ思いつくこともあるんじゃないかなあ」

「もっと手紙を出すってことかい？」

「ピンポーン」

ロジャーはしばらく考えこんだ。

「まるでサンタクロースの逆《ぎゃく》バージョンだね。プレゼントをねだるサンタだ」

「そんなことないよ。こっそりとみんなのためになることをするんだもの。プレゼントをあげるのとおんなじだよ」

「うまくいくと思う？」

「ここまではうまくいったよ」

「いつからはじめる？」

「今すぐ」

「それじゃ、とりあえず自転車でこのへんを見てまわろうか。なにかみつかるかもしれないからさ」

「賛成《さんせい》」

でも、なにもみつからなかった。しばらく走りまわると、ロジャーが帰る時間になった――また歯医者さんの予約があったのだ。

エディは、ロジャーの顔が急にしぼんだように感じた。

「あんたの歯、きっとすごくすてきになるよ」

「サンキュー。じゃ、またね」

「バイバイ」

ロジャーがオリオール通りを走りさっていく。エディは見送りながら思った。

さあ、街の中を、しっかり見てまわらなきゃ。自分たちの力で街を改善《かいぜん》できると思うと、なんだかわくわくする。

手紙、また手紙

いくらもたたないうちに、エディとロジャーは効率《こうりつ》のいいやり方を作りあげた。まず、それぞれが改善《かいぜん》の必要なものをリストにまとめる。二、三日おきにおたがいのリストをつきあわせて、それぞれの項目《こうもく》に優先《ゆうせん》順位をつけていく。〈1〉は、最優先《さいゆうせん》のもの。〈2〉、〈3〉となるにつれて順位がさがっていく、というしくみだ。

ロジャーがみつけた退役軍人記念碑《たいえきぐんじんきねんひ》の落書きは、だんぜん〈1〉。エディがみつけた市庁舎《しちょうしゃ》広場のぬかるみは〈3〉。セイヤー通りの敷石《しきいし》がこわれたところや、図書館前のバス停の屋根のよごれは〈2〉。

そのあとで、どれをつぎの手紙に取りあげるか、最終的な判断《はんだん》をくだす。ふたりは、手紙を書く際《さい》のルールを決めた。ひとつの手紙で取りあげるのは、ひとつのことがらだけにすること。同じ週のあいだに、二通以上の手紙は出さないこと。

エディもロジャーも、こんなわくわくする夏休みは、はじめてだった。雑貨《ざっか》店《てん》へいくというようななんでもない外出でも、どこか改善《かいぜん》するところはないかと探《さが》す楽しみがある。できるだけいいものを探《さが》そうとするのは、まるでゲームのようだった。ロジャーなどは、手紙を出したあと、その場所がどうなるか見まもるのは、探偵《たんてい》小説を読むよりおもしろいといった。

「だれが犯人《はんにん》かじゃなくってさ、いつやってくれるかっていうおもしろさなんだよ」

エディはといえば、シンデレラに出てくる魔法使《まほうつか》いのおばあさんになったような気がした。魔法《まほう》の杖《つえ》をひとふりすれば、願いがかなう——だれかがやるべ

ABC

き善行《ぜんこう》が、たちまち現実《げんじつ》のものとなるのだ。そのときの気分は最高。だから、ときどきちくりと痛《いた》む良心のことは気にしないことにした。

市長のほうは、わくわくするどころではなかった。七月がすぎ、八月に入ると、毎朝ハロルドが手紙を持ってくる時間になるたびに、嵐《あらし》の訪《おとず》れを待つような気分になった。いつ、どこで、雷《かみなり》の直撃《ちょくげき》を受けるか、予想もつかない。

エドウィナ・オズグッドの手紙は、みんな同じ形式をとっていた。まず、前回の要望をかなえてくれたことに対する感謝《かんしゃ》の言葉を述《の》べたあとで、つぎなる攻撃《こうげき》目標をしかけてくる。

市長はときどき不思議に思った。あのおばあさんは、どうやってこれらのものごとを知るのだろう。きっと、目となり、耳となっているものがいるにちがいない。杖《つえ》を必要とするような九十歳《さい》のおばあさんにしては、バスを使うにしろなんにしろ、行動範囲《はんい》が広すぎる。

たのまれた改善《かいぜん》をやるのがいやというわけではなかった。それほど予算を必要とするものではないし、二期目に入ってすっかり手なれた最近では、すでにある予算編成《へんせい》の中に、新しい項目《こうもく》をもぐりこませるぐらいなんでもないことだから。

ほんのこの何週間かに、市長の写真は何度も新聞紙面をかざった。セメントをならしている写真、落書きを消している写真、巣箱《すばこ》をとりつけている写真、掃除《そうじ》をしている写真、花を植えている写真……。ヘルメットをかぶり、ゴム手《て》袋《ぶくろ》をはめ、安全メガネをかけ、エプロンをつけ……と、さまざまな格好《かっこう》もした。

スター・ディスパッチ新聞は、そのすべてを取りあげてくれた。一週間のうち、必ず一度、ときには二度、市長の活動を伝える記事が掲載《けいさい》された。ただし、一面トップというわけにはいかなかった。

もし、〈人気とり〉グレンジャーが市長のいすより上を目指すのなら、もっと大きなことをやる必要がある。もっとはなばなしい事業にエドウィナ・オズグッドの気をひくことができなければ、いつまでたっても今より上にはいけない。

問題は、市長がこれぞと思う事業のことを切りだすきっかけが、どうにもつかめないことだ。うまく方向転換《てんかん》ができないまま、はてしなくおしよせてくるエドウィナの注文にふりまわされつづけている。

市長がこのことを考えこんでいたとき、ハロルドが朝の手紙を持ってしのび足で入ってきて、一通の手紙をさしだした。

「あのう、市長、またきましたよ」

市長はざっと目をとおすと、がっくりと頭をかかえてうめいた。

「あのおばあさんは、漁師《りょうし》のおかみさんだよ、ハロルド」

「漁師《りょうし》のおかみさん？」

「昔話にあるだろう。漁師《りょうし》が魔法《まほう》の魚をつかまえて、海にもどしてやるんだ。魚は、お礼にひとつ、ふたつ、願いをかなえてやる。するとおかみさんは欲《よく》を出して、もっと、もっといろんなものをねだるんだ」

「ああ、あれですか」

けれど、市長はいつもどおり、いつまでもくよくよしてはいなかった。

「コーヒーをたのむよ、ハロルド。それから、トム・ジェイコブスを電話口に出してくれ」

裁判所《さいばんしょ》前の時計台についていたブロンズの天使像《てんしぞう》のひとつがなくなった――エドウィナ・オズグッド以外のだれが、そんなことに気がつくだろう。

その時計台は、もうずいぶん前に亡《な》くなったある実業家が、市に寄付《きふ》したものだった。時計をかこむのは天使ばかりではなく、小鳥も何羽かあったし、なにやら海の生きものらしいものの姿《すがた》もあった。いったいなにをあらわしたものなのか、市長はいつも頭をひねっていた。その中の天使がひとつ欠けたら、かえってすっきりしていいくらいだとさえ思う。けれど、エドウィナ・オズグッドが直せというなら……。

新しい天使像《てんしぞう》の除幕式《じょまくしき》は、八月の第三土曜日にとりおこなわれた。かなりの人出を呼《よ》んだその式典で、市長は内心ひそかにハロルドの給料をあげてやろうと決心した。もともとの天使像《てんしぞう》をつくった彫刻家《ちょうこくか》を探《さが》しだしたその労苦に報《むく》いてやらなければならない。

エドウィナ・オズグッドよりもさらに年老いたその彫刻家《ちょうこくか》は、市の北にアトリエを持ってまだ活動していた。彼《かれ》は時計台の仕事のことをよくおぼえていたし、時計台の彫刻《ちょうこく》のひな型《がた》を地下室に保管《ほかん》してもいた。おかげで、たちまちのうちに鋳物《いもの》工場で新しい天使像《てんしぞう》をつくりだすことができたのだ。

日曜日、スター・ディスパッチ新聞の〈街のあれこれ〉欄《らん》には、四段《だん》ぬきで式典の写真が掲載《けいさい》された。コラムの記事は、これでまたわが街の時計台をほこることができるようになったと、修復《しゅうふく》に努力した市長をほめたたえ、つづいて、最近の市長は、初当選した当時をしのばせるほど活動的になったともちあげていた。

自宅でその記事を読んだ市長は、大いに満足した。

よし、これでこちらが主導権《しゅどうけん》をにぎることができる。エドウィナ・オズグッドに連絡《れんらく》をとり、天使像《てんしぞう》などよりましな事業について、提案《ていあん》するときがきたのだ。

が、写真に目をうつしたとたん、市長は目をうたがった。まただ――だれだ、この子どもは？　思わず電話に手をのばしかけて、思いとどまった。ハロルドに、頭がどうかしたかと思われるだけだろう。

オズグッド家では、お父さんが新聞の二面に目をこらしていた。

「おいおい、エディ、またおまえとロジャーが写真にうつっているぞ。これでいったい何度目だ？」

エディは、マンガに読みふけるふりをして目をあげなかった。

「へえ、そうだっけ」

ロジャーに電話をしようとも思わなかった。写真を見たとわかっているからだ。

ウィロウ・グローブでは、エドウィナおばさまが老眼鏡《ろうがんきょう》をかけなおしていた。エディにまちがいないわ……。

同じ日のお昼近く、エディとお母さんが老人ホームをたずねたとき、おばさまはそのことを口にした。

「で、あんたは、この夏休みのお楽しみに、テープカットというテープカットに立ちあうことに決めたわけ？」

エディはすばやく頭を回転させた。

「だって、フェラーラさんとこには、おいしいものがいっぱいあるんだもの」

おばさまは笑った。

「あれはいい改善《かいぜん》だったわね。あたしがかかわったものより、ずっといいわ。あたしも昔はずいぶんたくさんかかわったものだけど」

「そうでしたわね。地域改革運動《ちいきかいかくうんどう》の旗手《きしゅ》みたいなものでいらしたんでしょう？」

お母さんが口をはさんだ。

「あたしが弁舌家《べんぜつか》だったってことを耳にしたようね。今のおとなしいあたしからは想像《そうぞう》もできないでしょ」

「おばさまは、どんな運動をしたの？」

と、エディはたずねた。

「市庁舎《しちょうしゃ》広場を救ったことがあったわね。駐車場《ちゅうしゃじょう》にしようっていう動きがあったのよ。考えられる？」

エドウィナおばさまはそのほかにもいくつか、かかわった運動のことを話してくれた。

「それに、ずいぶん手紙も書いたものだわ」

そのとき、お母さんが、おばさまの腕《うで》にそっと手をおいた。

「おばさま、ごめんなさい、ちょっと主人に電話してこなくちゃ。ひとりでチキンのマレンゴ風ソースかけと奮闘《ふんとう》しているんですもの」

おばさまの手紙をみつけてからというもの、エディにはひとつ、どうしても気になることがあった。おばさまが話を切りだした今が、それをたずねるチャンスだ。

「どうして手紙を書くの、やめちゃったの？」

「だれがやめたって？」

「四十年間、ぜんぜん書いてないじゃない」

エディは思わずそういっていた。いうつもりではなかったのに。

「たしかにそうよ。でも、なんであんたが知ってるの？」

「あの、えーと、屋根裏《やねうら》を片《かた》づけてるとき、手紙の入った箱をみつけたんだ」

しゃべってしまって、ほっとした。おばさまがなんというかはべつだけれど、エディの心は軽くなった。

「ああ、なるほどね。忘《わす》れてたわ」

「ごめんなさい。読んじゃいけなかったんだよね」

「いえいえ、いいのよ。あそこを片《かた》づけてっていったのは、あたしなんだもの。見られてこまるようなものはなにもないってわかってたから」

おばさまは、いすから身をのりだした。

「四十年前にね、一番大事な運動を起こして、負けちゃったのよ。エディは、市の南にあるディアフィールドを知ってる？」

「ショッピング・モールのあるところ？」

「今はね。昔は、広場を中心にした小さな商店街だったの。古くて、味わいのある建物がならんでいたわ。そしたら、州の道路建設《けんせつ》部会が、なにを考えたかそのまん中に高速道路の出口を作ることに決めちゃったの」

おばさまは、小さくため息をついた。

「その出口のせいで地域《ちいき》がまっぷたつにされて、商店街の広場もなくなってしまうってわかったとき、あたしたちは対策《たいさく》委員会を作ったのよ。委員長はあたし。ディアフィールドの住人に、計画を阻止《そし》してみせるって約束したわ。裁判《さいばん》に持ちこんで、あたしたちは勝った。……でも、道路建設《けんせつ》部会はベネット市長や取りまきのおえらいさんたちの支持をとりつけてね、裁判《さいばん》を上告したの。その結果は、見てのとおり――コンクリートに固められた一角になっちゃったわ」

エディは思わず声をあげた。

「たった一回じゃない。つぎは勝ったかもしれないじゃない」

「もしかしたらね。でも、あたしは打ちのめされちゃったの。そういったことにすっかり背《せ》を向けて、ディアフィールド救済《きゅうさい》委員会として書いた手紙もぜんぶ捨《す》てたわ。だから、そのときの手紙はないってわけよ」

そして、おばさまはなつかしそうにつづけた。

「主人のバートラムに会ったのはそんなときよ。そのころ、あたしは特許専門《とっきょせんもん》の弁護士事務所《べんごしじむしょ》で調査《ちょうさ》の仕事をしていたの。そこへバートが、発明について相談にやってきて……。そして結婚《けっこん》して、彼《かれ》の仕事を手伝うようになったわけ。ほかのだれかれの問題の解決《かいけつ》にやっきになるのをやめて、自分の庭いじりをはじめたのよ」

エドウィナおばさまは、もう一度ため息をついた。

「こういう話をしてると、昔を思い出すわねえ。昔はあたしも、ものごとをよくする役には立っていたわけだから」

昔ではない。この夏、おばさまはずいぶんたくさんのものごとを改善《かいぜん》したのだ。本人が知らないだけだ。もしエディがいきさつを話したら、おばさまはその成果を喜んでくれるのではないだろうか？

が、そのとき、それまで気にしないようにしてきた小さな心のトゲが、突然《とつぜん》大きなかぎの手となって、エディの心をわしづかみにした。手紙のサイン——

エディは、断《ことわ》りもなしに勝手にエドウィナおばさまの名前を使ったのだ。それは決して正しいこととはいえない。知ったら、おばさまはどう思うだろう。怒《おこ》るだろうか？　エディはどうしたらいいのだろう？

「どうしたの？　なにか気がかりなことでもあるの？」

おばさまがたずねた。

エディは、なんとかこんがらかった頭の中を整理しようとした。それから、ひとつ大きく息を吸《す》って――。

そこへ、お母さんが駆《か》けこんできた。

「主人がSOSを出しているの。電話じゃどうにもならないわ。おばさま、ごめんなさい。急いで帰らなくちゃ」

お母さんはおばさまのほおにキスし、バッグをつかんだ。

「いらっしゃい、エディ。大急ぎよ」

おばさまに秘密《ひみつ》を打ち明ける時間はなかった。さよならをいうのがやっとだ。

ふたりが帰ってしまうと、エドウィナおばさまは考えこんだ。エディはいったいなにをいおうとしていたのかしら？


その日の午後、エディはロジャーに電話した。

「また手紙かい？」

電話口に出るなり、ロジャーはそういった。

「ううん。そうじゃなくて、ちょっと話があるんだ」

「だれかにバレた？」

「ちがう。いつものとこで待ってるから」

それからしばらくして、エディとロジャーはフェアビュー公園で待ちあわせ、あいているベンチにすわった。

「ねえ、ロジャー、わたしたちがしてるのはいいことだと思う？」

エディーが切りだすと、ロジャーはすぐには答えなかった。パンくずをつついているスズメをじっとながめ、それからいった。

「さあ、よくわかんない」

「手紙を出すことに、やましい気がしたことない？」

「はじめは全然。おもしろかっただけだよ」

「でも、今はちがうってこと？」

「うーん、まあ……」

「わたしたち、わるいことをしてるんじゃないよね。いいことがちゃんと実行されるようにしてるだけだよね」

「まあね。でも、みんなはぼくたちのことを知らないんだ。もし知ったら、カンカンになるだろうな」

「わたしたちがみんなをだましてるから？」

「うん」

ロジャーは靴先《くつさき》で地面をつついた。

エディの胸《むね》は痛《いた》んだ。自分のせいで、ロジャーにもいやな思いをさせてるんだ……。

「ロジャー、わたし、決めた。もう手紙は書かない」

そのあと、ふたりは自転車で公園内をめぐり、それからウォリーさんがやっているアイスクリーム・ショップに向かった。チョコチップをのせたダブルのアイスクリームを食べ、エディは、少し気分がよくなった。

月曜日から異常《いじょう》に暑い日がつづいた。「この暑さ、どうなっているんでしょう」というのがあいさつがわりになったくらいだ。夕方のテレビのニュースでも、毎日、天気のことが取りあげられた。水曜日のチャンネル27は、動物園からの生中継《なまちゅうけい》だった。

エディはその番組を、お父さんと見た。女性《じょせい》レポーターが、しゃべっていた。

「アン・コバックスがお伝えします。こちらに飼育係《しいくがかり》のダニー・エドワーズさんに来ていただきました。三十五度をこす気温の中、飼育係《しいくがかり》のみなさんは動物たちを暑さから守ろうと奮闘《ふんとう》しています。でも、決して楽な仕事ではありません。――ダニーさん、北極グマのスノーフレークは、この暑さにどんなようすですか？」

セメントの床《ゆか》にだらしなくのびて、まるで動物の敷《し》きもののように見える北極グマに、ホースで水をかけながら飼育係《しいくがかり》は答えた。

「いやあ、かわいそうなもんです。できるだけのことはしてやっているんですが……。こんな天気だと、エアコンのきいたところに入れてやれればなあと、心から思いますよ」

「かわいそうなのは、スノーフレークだけではありません」と、レポーターはつづけた。「ほかにも、暑さに苦しめられているさまざまな動物たちを取材したのでごらんください」

画像《がぞう》は録画に切りかわり、舌《した》を出してあえいでいるキツネやヒョウ、そして母親が作るわずかな日かげにうずくまるラマの赤ちゃんを映《うつ》しだした。

　カメラがとらえるのは、どれもせまくて味もそっけもない古めかしいオリばかりで、雑誌《ざっし》やテレビでよく見る、自然の環境《かんきょう》を生かして広びろとした動物の飼育舎《しいくしゃ》とは大ちがいだった。ここしばらく動物園にいっていなかったエディは、そこがどんなようすなのか忘《わす》れていた。

「ひどい。だれかがなんとかしなきゃ」

　エディがいうと、お父さんもうなずいた。

「まったくだ。たびたび問題にはなっているんだが、市の予算に新しい動物園は組みこまれていないんだ。もうここは閉鎖《へいさ》して、動物たちはよその動物園に移《うつ》すべきだな」

　そうするしかないかもしれない。もし、エドウィナ・オズグッドがこの動物園を改善《かいぜん》するよう、市長を説得できなければ……。

　その夜おそく、エディはタイプライターに用紙をセットしながら、昼間ロジャーと話しあったことを思いかえした。これは、自分のいったことに反する行《こう》為《い》だ。でも、きっとロジャーはわかってくれるだろう。本当にこれっきり、この手紙を最後にしよう。

拝啓《はいけい》　グレンジャー市長殿《どの》

今日の夕方、テレビのニュースを見て、あたくしは大変心を痛《いた》めました。

動物園をたずねたレポーターが、司育係の男の人と話をしていたのですが、その人は水をかけて、北極グマのからだを冷やそうとしていました。クマは大変あわれなようすで、司育係は、こんな日にはエアコンのきいたところに入れてやりたいといっていました。

テレビにうつしだされたほかの動物も、ようすは同じ――あわれでした。

一番ひどいのは、どのオリもせまく、床《ゆか》がセメントでかためられていることです。よい動物園はどこも、自然を生かしたかんきょうで動物を司育しています。なぜ、この街ではそれができないのでしょう？　ほかの街のお手本になるような動物園にしようと思えばできるはずだし、やるべきです。
自分以外のものに思いやりを持たないものは、自分自身をおとしめることになります。どうか、この件《けん》につき、すみやかなる対応《たいおう》をお願いいたします。
敬具《けいぐ》
エディは時計を見た。ロジャーに電話するのは、明日の朝まで待つしかないだろう。

今がチャンス！

金曜日の朝、市長はいつもより早く仕事についた。のばしのばしになっていることを、なんとしても片《かた》づけねばならない。天使像《てんしぞう》の除幕式《じょまくしき》のすぐあとから、エドウィナ・オズグッドと連絡《れんらく》をとろうとしたのだが、思うように時間がとれなかった。月曜日に水道管が破裂《はれつ》して、センター通りとセイヤー通りの交差点が水びたしになったのだ。おかげでそのあとは、修理《しゅうり》の指示《しじ》を出したり、苦情《くじょう》をいう商店主たちをなだめたりと、電話の応対《おうたい》に追われっぱなしだった。

今日こそは、なにがあろうとあの手紙をハロルドに口述《こうじゅつ》筆記させるのだ。それにしても、どの計画への出資《しゅっし》をもちかけたものだろう？　それがなかなか決められない。

ハロルドが、手紙の山をかかえてあらわれ、戸口でためらった。市長は身ぶりで入るようにうながした。

秘書《ひしょ》はだまったまま、エドウィナ・オズグッドの手紙をさしだした。

市長は、まるでそれがウルシの葉ででもあるような手つきで受けとった。今度は、なにをいってきたんだ？　市庁舎《しちょうしゃ》の階段《かいだん》をゴシゴシみがくとか、公園にペチュニアを植えるとかいったささいな仕事をさせられるのか？　まさか、旗《はた》ざおをみがけとかいうんじゃ……。

市長は手紙を読みはじめた。動物園？　そうだ、動物園だ！　なんというタイミングのよさ！

「ハロルド、やったぞ」

市長は秘書《ひしょ》に手紙を見せた。

「待ちに待ったチャンス到来《とうらい》だ。しかもそれを、おばあさんのほうからいってきたんだ」

「でも市長、どこにもお金を出すとは書いてありませんよ」

「今の段階《だんかい》では、そいつはたいした問題じゃない。かんじんなのは、彼女《かのじょ》が興《きょう》味《み》を持ったということだ。さて、こいつをどう生かしていくか……」

ふたりは、その問題をとっくりと考えた。

「直接《ちょくせつ》、彼女《かのじょ》とお会いになってみては？」

ハロルドが提案《ていあん》した。

「もちろんだとも。だが、いいかね、彼女《かのじょ》は財布《さいふ》のひもをしめてかかるだろうということを忘《わす》れてはいかん。彼女《かのじょ》がその場の雰囲気《ふんいき》にわれを忘《わす》れ、公衆《こうしゅう》の面前で思わず援助《えんじょ》を申し出たくなるような、そんな場面をなんとか作れないものかな」

「作れますかね」

「作るんだよ。こんなのはどうだろう――取材記者を同行させて、ウィロウ・

グローブを訪問《ほうもん》するんだ。照明係やカメラマンもひきつれてね。それに動物園の園長もだな」

市長はどんどんアイデアをふくらませた。

「それから動物もだ。大衆《たいしゅう》は動物が好きだからな」

市長は、その大衆《たいしゅう》の中に自分自身を入れて考えてはいなかった。生まれつき、どうにも動物が苦手なのだ。

「あのホームのほかの入居者《にゅうきょしゃ》がいやがるのでは？」

「大喜びするさ。退屈《たいくつ》な日常《にちじょう》に変化をもたらすんだからな。ウィロウ・グローブには、こういったお膳立《ぜんだ》てができる場所があるかな？」

「たしか、バラ園があったと思いますよ」

「すばらしい！」

市長は、そのひびきが気に入った。バラ園——ホワイトハウスにもバラ園がある。

「いすをならべて、みんなを招待《しょうたい》するんだ」

ちらっと頭をよぎったのは、お年寄《としよ》りにまじって出席するたくさんの有権者《ゆうけんしゃ》たちだ。市長は、そのひとりひとりと握手《あくしゅ》してまわるつもりだった。

「まずエドウィナ・オズグッドに、市の行政《ぎょうせい》に関心を持って、多くの手紙をくれたことへの感謝《かんしゃ》をのべよう。それから、動物たちに対する彼女《かのじょ》の気づかいへと話をふるんだ」

市長の声は、だんだんと大きくなっていった。

「どんな動物園が作れるか、こと細かに描写《びょうしゃ》しよう。柵《さく》などない、広びろとした空間――ジャングルのように緑がいっぱいで、エアコンがあって、池もある。さらには滝《たき》も！」

「わくわくしますよ、市長」

「ありがとう、ハロルド。そこでつぎは、やっかいな問題にふれる」

「お金ですね」

「お金だ。お金さえあれば、これらも夢では――」

市長は、前にのりだしていたからだを、いすの背《せ》もたれにあずけた。

「さて、どう思うかね。彼女《かのじょ》は食いついてくるだろうか？」

「くるに決まってますよ」

「結構《けっこう》。では、準備《じゅんび》にかかろうじゃないか。できれば、火曜日に設定《せってい》してくれ」

ハロルドは、うへっとうめきたくなるのをこらえた。

「さあ、手紙を書きとってくれたまえ」と、市長はつづけた。


そのあと、ハロルドは電話をかけまくって嵐《あらし》のような一日を過《す》ごした。ウィロウ・グローブ老人ホームの院長から、記者会見の許可《きょか》を得るなどは序《じょ》の口《くち》だった。

アルフレッド・フレッチャー院長は、動物園についての記者会見をなぜウィロウ・グローブで開かねばならないのか、なかなか納得《なっとく》してくれなかった。ハロルドが、エドウィナ・オズグッドの名前はまだ出さないほうがいいと判断《はんだん》したからなおさらだ。だが、新しくことをはじめようというときには広告宣伝《せんでん》が大事なのだということは、院長もすぐにわかってくれ、最後には承知《しょうち》してくれた。

ハロルドは、新聞社やテレビの地方局、いすや机《つくえ》を貸《か》しだしてくれる業者、そしてもちろん、動物園とも連絡《れんらく》をとった。

だいじょうぶ、動物園の園長は出席可能《かのう》。それより問題は動物だった。市長の動物ぎらいを知っているハロルドは、つれてくるのは一匹《ぴき》だけ——それも前にテレビに出たことのある動物にかぎることにした。ということは、候補《こうほ》の数もしぼられる。

最初の候補《こうほ》コアラは、もうじき出産ということでだめだった。ダチョウは、脚《あし》の感染症《かんせんしょう》で治療中《ちりょうちゅう》。ヤマネコは最近きげんがわるく、ツキノワグマの赤ちゃんは鼻づまり。ということは、のこる候補《こうほ》は一匹《ぴき》だけだった。

「市長、バクならだいじょうぶだそうですよ」

ハロルドは、さまざまなメモでいっぱいのファイルを手に、市長の机《つくえ》の横に立っていった。

「バクとはなんだね？」

「南アメリカやマレー半島にすむ、哺乳《ほにゅう》動物ですよ」

「かみつくかね？」

市長は、クーガーの赤ちゃんとの無鉄砲《むてっぽう》な記念撮影《さつえい》のことを、今でも忘《わす》れていなかった。

「そんなこと、ないでしょう。草食動物ですから」

市長はため息をついた。

「草食動物にも歯はあるよ、ハロルド。短いひもでつないでおくよう、確認《かくにん》しておいてくれ」

＊＊＊

エドウィナおばさまは、目をあげて食堂の窓《まど》のむこうを小鳥が飛んでいくのをながめた。それから紅茶《こうちゃ》をもうひと口飲み、朝とどいた手紙をあらためて読みなおした。

拝啓《はいけい》　オズグッド様

この夏、数多くの書状《しょじょう》をいただいたことに、この場を借りてお礼申しあげます。あなた様のさまざまなご提言《ていげん》が有効《ゆうこう》に生かされ、実行にうつされたことがお目にとまり、喜んでくださっていれば幸《さいわ》いです。これもすべてあなた様のおかげと、市長として感謝《かんしゃ》いたしております。

さて、このたびいただいた、斬新《ざんしん》で快適《かいてき》な動物園をという熱意あるご意見に、私も思いを同じくするものであります。しかしながら私は、行政《ぎょうせい》にたずさわった経験《けいけん》から、なにごとであれ計画を進めるにあたっては、広く一般《いっぱん》の支援《しえん》を求めることが大事であることを学びました。

つきましては、この支援《しえん》をつのるため、きたる火曜日、午後二時よりウィロウ・グローブにおいて記者会見をとりおこなうことといたしました。この模様《もよう》は、チャンネル27にて放映《ほうえい》の予定です。

もし、出席をご承知《しょうち》いただけるなら、フレッチャー院長までお知らせください。院長より私に通知がある手はずとなっております。

動物たちのために、がんばりましょう。

敬具《けいぐ》

チャールズ・グレンジャー

エドウィナおばさまが最初に考えたのは、市長は頭がどうかしたのではないかということだった。でなければ、自分の頭が。いったい書状《しょじょう》とは？

自分が正気《しょうき》であることはわかっている。また市長も、たとえ欠点はあるにしろ、それなりの能力《のうりょく》をもった人物だと思われる。知るかぎりでは、六年の任期《にんき》のあいだにいろいろと学んだようではないか。

ということは、市長は実際《じっさい》にエドウィナ・オズグッドからの手紙を受けとったのだ。市にとって有益《ゆうえき》なさまざまな改善《かいぜん》をうながしたらしいそれらの手紙は、自分がかつて書いたもの――エディが屋根裏《やねうら》でみつけたものとひどく似《に》かよっている。

一方この夏、エディが市のイベントに異常《いじょう》な興味《きょうみ》を持ったらしいことにまちがいはない。そのことを証明《しょうめい》する写真が何枚《なんまい》もある。

それらのことを考えあわせると、結論《けつろん》はひとつしかないのでは？　エディと自分が同じ名前であるということ、それがなぞをとくかぎだ。

おばさまは、このあいだたずねてきたときのエディのようすを思いかえしてみた。あのとき、エディがなにをいおうとしていたのかが、これでわかった。

ならば、エディにもう一度、打ち明けるチャンスをあたえよう。

おばさまは自分の部屋にもどり、電話をかけた。

「エバリン？　エドウィナよ。こないだの日曜日に来てもらったばかりだけど、あのときはすぐひきあげちゃったでしょ。明日《あす》、エディと来てもらえないかしら。あら、うれしい。明日《あす》の朝、来てくれるのね。それじゃ、そのときに。じゃあね」

おばさまは鏡台《きょうだい》のひきだしを開けて、しまっておいた新聞の切りぬき写真を取りだした。それを一枚《まい》一枚《まい》見ながら、おばさまはくすくす笑いをもらした。エディったら、たしかにこの夏、市長をきりきり舞《ま》いさせたようね。


日曜日の朝、お母さんといっしょにウィロウ・グローブの玄関《げんかん》前の階段《かいだん》をのぼりながら、エディはこれまで経験《けいけん》したことがないほど気持ちをうわずらせていた。昨日《きのう》、おばさまから電話があってからというもの、ちっとも考えがまとまらない。

エドウィナおばさまは庭にいた。ほんのしばらく、たわいないおしゃべりをしたあと、おばさまは財布《さいふ》を取りだしていった。

「エバリン、たのみがあるの。あんた、ハンセンさんのパン屋を知ってる？」

「ここから二、三ブロックのところにあるお店でしょ？」

「ええ、そう。あそこのアップルパイが食べたくてしようがないのよ。いい子だから、三つばかり買ってきてくれないかしら」

そういって、おばさまは十ドル札をさしだしたけれど、お母さんはお金はいらないとていねいにことわった。

「エディはのこって、あたしといてちょうだい」

エディの心臓《しんぞう》は、ロケットなみの速さで脈打ちはじめた。今にも口からとびだしそうだ。

お母さんがいなくなると、おばさまとエディはだまったまましばらく、ちょこまかと庭の木をかけのぼったりおりたりしているシマリスをながめた。

「エドウィナおばさま……」とうとう、エディが口を開いた。「わたし、もっと早くお話ししようと思ったんだけど——フェアビュー公園のちびっこ広場ね、あれが修理《しゅうり》されたのは、わたしが市長に手紙を書いたからなんだ」

「おやまあ」

「それから、フェラーラさんのカフェね。ああなったのは、またわたしが手紙を書いたから」

「不思議なこともあるものね」おばさまはそらっとぼけていった。「たった二通の手紙が、それほどのことをやってのけるなんてねえ」

「ええと……、市長さんは、かんちがいしたんだと思う。その手紙はおばさまからきたんだってね」

「おや、なんでそんなことかんちがいをしたのかしらね」

「たぶん……、わたしがおばさまのサインをまねて出したし、差出人の住所もウィロウ・グローブ一五六番地にしたせいだと思う」

「なるほど、それならわかるわ」

「ごめんなさい、おばさま。そんなこと、おばさまにことわりなしにしちゃいけなかったんだよね。でも、もし手紙を書いたのがわたしだと知ったら、市長さんはあんなこと——はがれた敷石《しきいし》を直したりとか、新しい天使像《てんしぞう》をこしらえたりとかはしてくれなかったと思うんだ」

「でしょうね。あたしにお金があるから、市長もないがしろにできなかったんだわ」

おばさまはちょっと言葉をとめ、それからつづけた。

「エディ、あんたがいいことをしたかった気持ちはわかるわ。そしてそれを実行した……。ただね、そのためにあんたは、あたしのあるものを盗《ぬす》んだのよ」

はじめ、エディはおばさまのいっている意味がわからなかった。

「もしかして、名前のこと？」

「そう。あんたは、あたしの名前を使うことで、あたしが口にもしなかった言葉を、あたしにおしつけたのよ。もちろん、そのおかげでなしとげられたいろんなことは、よかったと思うわよ。だけどね、それについてもいいたいことがあるの。あたしの名前を使うことを、あらかじめ断《ことわ》ってくれてもよかったんじゃない？　喜んで賛成《さんせい》したわよ。たしかに、ずいぶん長いこと、市のおえらいさんにかみつくのはやめていたけれど、あたしだってまだまだ牙《きば》をなくしたくはないんですからね」

「こないだの日曜日にここに来たあとでね、もう手紙を書くのはやめようと決心したんだ」エディは打ち明けた。「でもね、テレビで動物園のことを見たら、つい、だれかがなんとかしなきゃと……」

「そう思うのも無理はないわね」おばさまはうなずいてつづけた。「で、手紙のことだけど、なんとかこれにしまつをつけなきゃいけないことはわかってるわね、エディ」

エディはうなずいた。

「それじゃあね、今度の火曜日がチャンスよ。しっかりしまつをつけなさい」

どういうことかたずねようとしたとき、お母さんが、白い箱をかかえて庭に入ってきた。

「はい、お待ちかねのアップルパイ！」

おばさまは、その箱をみんなにまわしながらいった。

「あのね、エバリン。昨日《きのう》、あたしのとこに市長から手紙がきたの」

「市長から？」

「そうなのよ。最初に立候補《りっこうほ》したときに会ったことがあるの。たぶん、旧交《きゅうこう》をあたためたいんじゃないかしら。で、このウィロウ・グローブで、火曜日の午後二時から、マスコミを集めてちょっとした催《もよお》しをやりたいっていうの。しかも、そのもようは、チャンネル27で生中継《なまちゅうけい》されるんですって。あんたもケネスとエディといっしょに来てくれる？」

「あらあ、火曜日は商工会議所のディナーの予約が入ってるんですよ。ケネスとわたしは、家をはなれるのは無理——でも、エディはぜひ来たいでしょうね。どう、エディ？」

おばさまの話を聞きながら、エディはどんどん不安になっていった。マスコミ？　テレビで生中継《なまちゅうけい》？　おばさまがいうチャンスって、このこと？

「えっ、ええと……ぜひ」

「じゃ、決まりね。配達のついでに、あなたをここまで送ってきてあげるわ」

お母さんがいうと、おばさまはちらりと鋭《するど》くエディを見た。

「いうことなしよ。じゃ、待ってますからね」

その午後、エディはロジャーに電話した。

「あんたには知らせとかなきゃと思って——エドウィナおばさまに手紙のこと、話したんだ」

「怒《おこ》ってた？」

「ううん。そりゃいい気分じゃなかったみたいだけど、怒《おこ》りはしなかった」

「みんなに、話すつもりかな？」

「ううん。でも、わたしが話す。おばさまは、わたしがしまつをつけるべきだっていうの。本気でそういったんだと思う」

「つまり、自分で市長に話せってこと？」

「うん、そういうこと。火曜日の午後に、ウィロウ・グローブで集まりみたいなものがあるんだって。市長も出席することになってる。わたし、それにいくんだ。チャンネル27で放映《ほうえい》されるんだって」

「テレビカメラの前で、話しちゃうわけ？」

「うん」

「こわくないかい？」

「こわいよ」

「いいたいことを紙に書いて、読みあげたらどうかな。あがっちゃうかもしれないからさ」

「あ、それ、いいね。ねえ、ロジャー、わたし、あんたが手紙をポストに入れたことはいわないからね」

ロジャーは一分ほどだまりこくり、それからいった。

「だけど、ぼくも手を貸《か》したんだ。手紙にちがうとこの消印がついてたら、みんな、まにうけなかったかもしれない。そしたら、なんにも起こらなかったはずだよ」

「めんどうにまきこまれるのはいやでしょ？」

「まあね。でも、ちびっこ広場やフェラーラさんのカフェやなんかに手を貸《か》したことを人に知られるのは、いやじゃないよ」

「ロジャー、はっきりしてよ。あんたのこと、話していいの、いけないの？」

「話していい。ぼくたち、刑務所《けいむしょ》に入れられたって、せいぜい十年くらいだろ」

「ふざけてる場合じゃないよ」

「テレビでやるのは何時？」

「二時」

「じゃ、見てるからね」

バラ園での記者会見

火曜日の午後、エディはウィロウ・グローブ老人ホームのバラ園の入り口に立って、どうすればいいのかとまどっていた。通路をはさんで両側に、ずらりと折りたたみいすがならべられている。もうそのいすにすわっている人もいる。

「こっちよ、エディ！」

一番前の通路側の席から、エドウィナおばさまが手をふって合図をよこした。

「あたしたちの席はここなんですって」

エディがとなりにすわると、おばさまはつけくわえた。

「その帽子《ぼうし》、なかなかいいわね」

「ありがとう」

エディはいって、野球帽《やきゅうぼう》のつばをぐいとひきさげ、時計に目をやった。一時四十五分。セレモニーは、せいぜい一時間くらいのものだろう。三時には、このみじめな気分から解放《かいほう》される。

エディは、自分がやるはずの演説《えんぜつ》のことを両親に話さなかった。でも、ふたりはキッチンでテレビを見るといっていた。見たらどんなにギョッとすることか――エディはできるだけ考えないことにした。

そうこうしているあいだに、バラ園にはたくさんの人が入ってきて、照明器具をセットしたり、あちこちにケーブルをはわせたり、マイクのテストをしたりしはじめた。エディがすわっているところからほんの一メートルほどのところには、演説台《えんぜつだい》がおかれ、氷の入った水さしがのせられた。テレビでの放映《ほうえい》に、こんなにてまひまがかかるとは知らなかった。

ほかに、看護師《かんごし》につきそわれたお年寄《としよ》りの姿《すがた》もちらほらと見えた。芝生《しばふ》のはじに立って、まるで交通量の多い交差点をわたろうとでもしているように、きょろきょろしている。たしかに、うかうかしていたら重そうな装置《そうち》を運んでいる人たちとぶつかって、倒《たお》されてしまうかもしれない。

市長の姿《すがた》は見えなかった。この夏、たくさんのテープカットに立ちあってわかったのだけれど、市長はまるで指揮者《しきしゃ》のように、いつも最後の最後になってさっそうとあらわれるのだ。

視線《しせん》を前にもどしてすわりなおすと、エディの肩《かた》をおばさまが力づけるようにたたいた。

「心配しないで。なにもかも、うまくいくはずだから。おや、見てごらん」

おばさまは指さした。

「なんとまあ、すごいこと。あんな動物、見たことある？」

バラ園の小道を、若い男の人に短いひもでつながれてやってくるのは、エディが見たこともない動物だった。まるで、三種類か四種類の動物をかけあわせたような姿《すがた》をしている。からだは大きなブタそっくりだけれど、それにしては脚《あし》が長すぎるし、脚先《あしさき》だけ見ると、小さなサイかと思える。鼻はゾウを思わせるけれど、うんと短い。その正体《しょうたい》がなんであれ、この場の騒《そう》ぞうしさにずいぶんおじけづいているように見えた。

エディは、自分の不安も忘《わす》れて、魅《み》せられたようにその動物に見入った。若《わか》い男の人は、どこかその動物をおちつかせられるところはないものかと、あちこちを見まわしていた。

「そこはどうかしら」

エドウィナおばさまは男の人に呼《よ》びかけ、演説台《えんぜつだい》のすぐうしろ、バラのしげみのあいだの空間を指さした。

「そこなら、だれにもじゃまされないでしょ。で、それはなんなの？」

「バクですよ。名前はキキ」

男の人は答えて、その動物をしげみのすきまにすわらせた。バクはこのかくれ家《が》が気に入ったらしく、おちついてバラの花を食べはじめた。

「おやま。バラも役に立つことがあるものだわね」

おばさまがエディにささやいた。

やがて、てんやわんやの騒《さわ》ぎも、ざわめき程度《ていど》におさまってきた。エディがちょっとふりかえってみると、お年寄《としよ》りたちが目に入った。何人かは、まだおちつかないようだけれど、ほとんどの人は、これから起こることに興味《きょうみ》しんしんという顔つきだ。

ひとりのおじいさんが、となりのおじいさんと話していた。

「フレッド、あれは新種のブタかね」

「まさか、ウォルター。あんなに鼻が長いブタがいるもんかね」

エディは前に向きなおった。テレビで動物園の生中継《なまちゅうけい》をしていた女性《じょせい》レポーターが、演説台《えんぜつだい》の横に立ってマイクをにぎっていた。もうひとり、蝶《ちょう》ネクタイをつけた若《わか》い男の人がいて、一歩前に出ると聴衆《ちょうしゅう》に語りかけた。

「今日はようこそおいでくださいました。まもなく、市長が到着《とうちゃく》します。みなさんには、きっと楽しい午後になると思いますよ。せっかくのバラ園を、いろんな装置《そうち》で取りちらかして申しわけありませんが、すぐにまたぜんぶもとどおりにしますので、よろしくお願いします」

その人はうしろにさがり、かわってヘッドホンをつけた男がレポーターの前に立った。レポーターはじっとその男を見ている。エディの耳に、男がカウントをとっているのが聞こえた。

「十、九、八……」

レポーターは、マイクを口もとに持っていった。

「三、二……」笑みをうかべる。「一！」

「アン・コバックスです。ウィロウ・グローブ老人ホームから生中継《なまちゅうけい》でお伝えしています。もうまもなく、市長が到着《とうちゃく》するでしょう。動物園園長もいっしょだと聞いております。市の発表によれば、動物園の全面改修《かいしゅう》の必要性《ひつようせい》についての会見がおこなわれるということです。さあ、市長が到着《とうちゃく》しました。フロビッシャー園長とともに、こちらにやってきます」

せかせかと近づいてくる人間に、バクは驚《おどろ》いたらしく、しげみの奥《おく》へとからだをひっこめた。

市長は、バクにはまったく気づかず、席をしめしてフロビッシャー園長をすわらせると、演説台《えんぜつだい》の前に立った。それから、ぐるりと聴衆《ちょうしゅう》を見わたして、顔ぶれをたしかめた。あの、野球帽《やきゅうぼう》をかぶった子どものとなりにいるのが、エドウィナ・オズグッドにちがいない。

「みなさん、ごきげんよう。美しく晴れたこの日、わたしどもはきわめて重要な問題についてお話ししたいと思います」

バクがまた姿《すがた》をあらわして、フロビッシャー園長の仕立てのいいスーツの袖《そで》をかじりはじめた。園長は、ぎょっとしながら見つめるばかりだった。この人が動物園の園長になれたのは、昔、市議会議長のクラスメートだったからにすぎない。

市長はつづけた。

「この地球という星には、わたしたち人間にとってかけがえのない仲間がいます。わたしたちの生活にうるおいをもたらし、つねに変わらぬ喜びと驚《おどろ》きをあたえてくれる動物たちです。が、動物たちは話ができませんから、本日は、かれらにかわってお話しくださる方をお招《まね》きしました。わが市立動物園園長、フレデリック・フロビッシャー氏であります」

市長はフロビッシャー園長をかえりみた。そのときはじめて、市長の目にバクの姿《すがた》がとびこんできた。一瞬《いっしゅん》、市長の頭の中はまっ白になった。こんな動物を見たのは生まれてはじめてだ。

「なんだ、こりゃ――いや、ウホン、動物とはじつに驚異《きょうい》の存在ではありませんか。では、フレデリック・フロビッシャー園長をご紹介《しょうかい》しましょう」

フロビッシャー園長は、ほっとしたように席を立って、安全な演説台《えんぜつだい》に向かった。それから飼育係《しいくがかり》に、バクを連れてくるよう合図した。

市長は、このへんてこな動物からできるだけ距離《きょり》をとったが、それでもまだ安心できないというように、何度も何度もそちらを見ずにはいられなかった。

園長は、この子はキキだと紹介《しょうかい》し、マレー半島の森でのくらしぶりをかんたんに語ったあと、いよいよ本題に入った。世界に知られる動物園にくらべ、市の動物園の状態《じょうたい》がどんなにあわれなものであるか、とか、だがそれも、十分な資金《しきん》さえあれば解決《かいけつ》するのだ、とか……。話が終わると、いっせいに拍手《はくしゅ》がわきおこった。

市長は、園長にかわって前に進みでた。

「ありがとうございました、フロビッシャー園長。さてここで、長年にわたってわが市に貢献《こうけん》をしてくださった、ある特別な女性《じょせい》をご紹介《しょうかい》したいと思います。ここ何年かはおもてに出ることをなさいませんでしたが、この夏、また行動を起こされました。フェアビュー公園のちびっこ広場や時計台の天使像《てんしぞう》などを改《かい》修《しゅう》するきっかけとなったのは、この方からいただいた手紙だったのです。行政《ぎょうせい》としてこまやかな対応《たいおう》ができたのも彼女《かのじょ》のおかげと、市はたいへん感謝《かんしゃ》しております。では、ご紹介《しょうかい》しましょう。その女性《じょせい》とは、このホームにお住まいのエドウィナ・オズグッドさんです」

突然《とつぜん》、スポットライトが向きを変えて最前列通路側の席を照らし、エディはとびあがった。と、もう一度いっせいに拍手《はくしゅ》がわきおこり、市長がマイクを持って近づいてきた。市長と握手《あくしゅ》をかわしたあと、おばさまはにっこり笑ってマイクを受けとった。

「ご紹介《しょうかい》、ありがとうございます。でも、市長さん、感謝《かんしゃ》すべきはべつのエドウィナ・オズグッドなんですのよ。あたくしはこの夏、手紙なんて書いておりませんもの」

市長は、ガンと頭をなぐられたような顔つきになった。

おばさまはつづけた。

「でもね、手紙を書いた当の本人もこの場に来ていますの。で、ほんのちょっとお話ししたいことがあるみたいですわ」

聴衆《ちょうしゅう》のあいだにざわめきが広がる中、エディは立ちあがった。

「帽子《ぼうし》を」と、エドウィナおばさまがささやいた。

エディは野球帽《やきゅうぼう》のつばに手をかけ、ぬいだ。くるくるとカールした髪《かみ》がむきだしになる。

市長はぽかんと口を開けた。これがエドウィナ・オズグッド？　夏中、自分をてんてこ舞《ま》いさせた手紙を書いたのが、この子ども？

「わたしがやりました」

エディは静かにいった。

エドウィナおばさまは、エディにマイクをわたし、聴衆《ちょうしゅう》のほうを向くよう合図した。

エディは二回ほどせきばらいをした。

「わたしの名前はエドウィナ・オズグッドです。もうひとりのエドウィナ・オズグッドは、わたしの大・大おばさまにあたります」

エディは、あいているもう一方の手で、ポケットから折りたたんだ紙を取りだし、それを広げて読みはじめた。

「この夏、わたしは市長さんに手紙を書きました。新しいブランコに変えてほしいとか、空き地をきれいにしてほしいとかお願いしたのです。その手紙には、エドウィナおばさまのサインを写しとって入れ、差出人の住所もおばさまのところにしました。そうすれば、市長さんはおばさまからの手紙だと思ってくれるでしょうから。住所と同じ消印をつけるため、手紙は友だちのロジャーにたのんで、この老人ホームの前にあるポストに投函《とうかん》してもらいました」

声がしわがれてきたので、エディはまたせきばらいをした。

「そのあとにも、わたしたちはいくつかお願いしたいことをみつけました。ロジャーとわたしは、みんなが喜んでくれるような、みんなの役に立つようなこ

とだけをお願いしました。でも……」

どこを読んでいるのかわからなくなって、エディはつかえた。

「でも……」

紙をポケットにもどし、みんなを見まわした。

「ほかの人の名前を使って手紙を書いたのは、とてもいけないことだったと思います。子どもの手紙では読んでもらえないと思って、おばさまの名前を借りたのですが、これはうそをついたのと同じです。そんなつもりはなかったけど、わたしたちはみんなをだましたことになるのです。だから、だんだんロジャーは、手紙を投函《とうかん》するのをやましく感じるというようになりました。おまけに、わたしたちがやったことを秘密《ひみつ》にしておくのは、ちっともおもしろいことではありませんでした。わたしたちがなにをしたのか、だれかに――たとえばフェラーラさんなんかに、話すこともできません。わたしたちは、もう手紙を出すのはやめようと決めました。でも、動物園のことだけはほうっておけなかったんです」

エディは、大きく息を吸《す》ってつづけた。

「わたし、市長さんとエドウィナおばさまにおわびしたいと思います。それから、わたしの両親にも。そしてお礼もいわせてください。エドウィナおばさま、怒《おこ》らないでくれて、ありがとう。ロジャー、どうすべきか決心させてくれて、ありがとう……」

話しおえても、しばらく会場は静まりかえっていた。なんの反応《はんのう》もない。するとエドウィナおばさまが立ちあがり、エディの手からマイクを取った。

「あたくし、この子はなかなかしっかりしているとずっと思っていましたけど、今日、それを証明《しょうめい》してくれましたわ。市長さんがおっしゃったことも、いくつかは当たっています。あたくし、この地域《ちいき》のことで熱心な活動をしてきましたが、大きな失望を味わうことがあって、四十年前に手をひきました。でも今、またはじめようかと思っています」

おばさまは、ちらりと市長を見た。

「だれかが声をあげていかなければ、なにも変わらないんですよね。どんな小さなことでも、まず声をあげることからはじまるんだということを、エディは気づかせてくれました。そのおかげで、あたくし、この動物園の改修《かいしゅう》にたいへん興味《きょうみ》を持ちましたの。ですから、そのための募金《ぼきん》活動をはじめることにして、募金者《ぼきんしゃ》第一号としてあたくしが寄付《きふ》をさせていただこうと思います。その小切手の金額《きんがく》をごらんになれば、市長さんも園長さんもきっと満足してくださるんじゃないかしら。それから、生活にゆとりのある友人、知人にも寄付《きふ》を呼《よ》びかけましょう。ただし、申しあげておきますけど、その使い道についてはクリップひとつにいたるまで、しっかり目を光らせるつもりですからね」

大きな拍手《はくしゅ》を受けながら、エドウィナおばさまはマイクを市長に返した。

市長は、とっさに、なんと答えていいかわからないようだった。市長が言葉につかえるなど、これまで一度もなかったことだ。それでも、ハトが巣箱《すばこ》を目指すように、市長は本能的《ほんのうてき》に演説台《えんぜつだい》にもどった。

「これは……、わたしたちは……、とにかく、うれしいお知らせをくださったエドウィナ・オズグッドさんに拍手《はくしゅ》を……」

それから、ようやく自分のペースをとりもどした。

「これこそが、動物園にかぎらず、わが市全体をよくしていこうとする精神《せいしん》にほかなりません」

市長は、その市全体を胸《むね》にいだこうとするかのように、大きく手をふり動かした。が、かわりにその手にふれたのは、水さしだった。

水さしまるごとの水と氷が、のんびりかまえていたバクのキキの上にふりそそいだからたまらない。キキの首につけたひきづながいきなりピンとはったかと思うと、気がつくと飼育係《しいくがかり》は中央通路をひきずられていた。

「おちつけ、おちつくんだ、キキ!」

パチン! ひきづなの留《と》め金《がね》がはずれた。キキは自由になったのだ。

キキはうれしそうに通路を走りぬけていく。ハロルド、飼育係《しいくがかり》、フロビッシャー園長、それからスター・ディスパッチ新聞の記者が、つかまえようとあとを追うけれども、キキはみんなの手をするりとかわして逃《に》げていく。フロビッシャー園長がケーブルの一本に足をとられ、そのためにスポットライトのひとつが、バラのしげみのほうへと音をたててひっくりかえった。

老人ホームの看護師長《かんごしちょう》は、前面にとびだして職員《しょくいん》たちに向かって叫《さけ》んだ。

「お年寄《としよ》りの世話を！」

でもその声は、会場にわきおこった笑い声や、はやしたてる声にかきけされてしまった。どうやら、キキはみんなの人気者になったらしい。

園長が足をひきずって手近ないすにすわるかたわらで、ハロルドと飼育係《しいくがかり》は、先回りをしてキキの行く手をふさごうとした。けれどもキキは、ふたりの直前でくるりと向きを変え、バラ園の反対側にあるくぼ地のほうへ向かった。

そこは、前の日にふった雨のせいで泥沼《どろぬま》のようになっていた。キキは横すべりして泥《どろ》の中にとびこみ、立ち上がろうと脚《あし》をばたばたさせてもがいたあげく、今度はからだの反対側を下にしてすべった。それをめがけて、飼育係《しいくがかり》がフライングタックルをかける。が、キキのからだはするりとその手のあいだをぬけた。すかさず、ハロルドがとびかかる。新聞記者がキキをおさえる。キキは、キーキーと声をあげながらその手をのがれた。

フレッドじいさんは、ウォルタージいさんの腕《うで》をぴしゃりとたたいた。

「オクラホマにいたときのことを思いだしちまったよ。油をぬりたくったブタをつかまえるコンテストに出たときのことをな」

「わしゃ、ブタの勝ちにかけるぞ!」

ウォルタージいさんは叫《さけ》んだ。

その一瞬《いっしゅん》一瞬《いっしゅん》を、チャンネル27のカメラマンはのこらずカメラで追いかけた。カメラマンとして、これほどのチャンスはそうあるものではない。

当然、スター・ディスパッチ新聞のカメラマンも写真を撮《と》りまくっている。

市長は、今こそ自分の見せ場だとすばやく状況《じょうきょう》を読みとった。カメラの前でぼうぜんと立ちつくしているアン・コバックスにむきなおると、インタビューされているわけでもないのにしゃべりはじめたのだ。

「さてと、予期しない展開《てんかい》とはなったけれど、アン、ホームのお年寄《としよ》りはみなさん、この午後を楽しんでおいでなのではないかな?」

カメラマンは、会場のお年寄《としよ》りを大映《おおうつ》しにした。今や、だれもかれも、まるでテニスの試合でも見ているように、右へ、左へ、また右へと視線《しせん》を移《うつ》していた。

市長もつられてうしろをふりかえり、キキがバラをふみしだいてあちらへ、こちらへと逃《に》げまわっているようすに見入った。

「いらっしゃい、エディ。あたしたちもお楽しみにまぜてもらいましょう」

エドウィナおばさまはエディの手をとり、元気よくアン・コバックスのところにいった。そしてマイクを自分のほうにひきよせていった。

「アン、これはもう市長さんにおまかせするしかないでしょう。あたくしが思ってたより、ずっとおもしろくなってきましたもの」

会場に歓声《かんせい》があがった。またもやキキが身をよじって、つかまえようとする手をすりぬけたのだ。

おばさまはつづけた。

「いわせていただければ、何年か前、はじめて市長さんにお目にかかったときは、この人、ちょっと軽いんじゃないのという印象だったんですのよ。でも、市長という職責《しょくせき》をはたすうちに、成長なさったみたいですわね。わが街にこういう市長さんがいらして、ありがたいと思いますわ」

アン・コバックスは、市長へとマイクを向けた。

「力強いお言葉をいただきました。で、市長はこれにどうおこたえに？」

「エドウィナ・オズグッドさんにご支持《しじ》いただけるとは、なんともうれしいかぎりです」

エドウィナおばさまは、また自分のほうにマイクをひきよせた。

「ちょうどいい機会ですから、老人ホーム側にもひとことといわせてくださいな。この庭に盛《も》り土《つち》をして、居住者《きょじゅうしゃ》がらくな姿勢《しせい》で作業できる家庭菜園をつくっていただきたいんですの。だって、ほら、ここのバラはどうせみんな抜《ぬ》かなきゃならないでしょ」

カメラマンは、バラのしげみをアップでうつした。まともに立っているバラは一本もなかった。


ロジャー・ベイリーは、テレビにくぎづけだった。やっぱり、エディがあの最後の手紙を書いてくれて、ほんとうによかった。でなかったら、バクの追いかけっこなんていうおもしろいものを見られなかったところだ。

もちろん、両親には今度のことをちゃんと説明しなきゃならない。でも、スター・ディスパッチ新聞がエディの言葉をぜんぶのせてくれれば、そんなにひどく叱《しか》られることはないだろう。

エディの家のキッチンでは、お父さんとお母さんがくいいるようにテレビの画面に見入っていた。コンロの上では、ライス・プディングがはでに湯気をあげている。

やっとのことで、お母さんが口を開いた。

「ねえ、あなた、わたしたち、仕事にかまけすぎたかしらね」

「そうかもしれないな」

お父さんがうなずいた。

店の奥《おく》の部屋で、フェラーラさんはテレビのボリュームをおとして涙《なみだ》をぬぐった。こんなに笑ったのはひさしぶりだ。記者会見というのはこうでなくちゃ。たいていのやつは、退屈《たいくつ》きわまりない。

プレゼントを用意しよう、とフェラーラさんは思いついた。かごにソーセージをもりあわせて、エディにひとつ、ロジャーにもひとつ。

夕方、公用車で市庁舎《しちょうしゃ》にもどりながら市長は考えた。結局のところ、ことはうまく運んだ。自分の手腕《しゅわん》によって、エドウィナ・オズグッドを動物園の改修《かいしゅう》資金《しきん》を出そうという気にさせることができたのだ。それがかんじんだ。

庭の修復《しゅうふく》というおまけがついたけれど、そんなのは、たいしたことじゃない。それにハロルドはみごとバクをつかまえ、秘書《ひしょ》としての能力《のうりょく》の高さを証明《しょうめい》してくれた。まあ、フロビッシャー園長のひざの上にあの動物がとびのったおかげで、つかまえやすかったということもあるだろうが。

ただひとつだけ、満足しきっておだやかな市長の心をさわがせるものがあった。これからは、ひとりでなくふたりのエドウィナ・オズグッドを相手にしなければならないということだ。

しきりなおし

水曜日のスター・ディスパッチ新聞朝刊《ちょうかん》の一面トップの見出しはこうだ。〈市長、新しい動物園づくりに着手《ちゃくしゅ》！〉つづいて、〈地元篤志家《とくしか》の寄付《きふ》により、基金設立《ききんせつりつ》〉という小見出しがおどる。

五段ぬきの写真は、目を丸くしているフロビッシャー園長のひざへと、宙《ちゅう》をとんでいるキキの姿《すがた》をとらえていた。その下には、〈記者会見はバク笑《しょう》もの〉とある。

きっと、だじゃれでからかわれるだろうとは、市長も覚悟《かくご》していた。やれやれ、なんで動物園は、おとなしいイグアナかなんかをよこさなかったのだろう？　だが、まあいい。とにかく目的ははたしたのだ。市長はいすに背《せ》をあずけ、窓《まど》のむこうのヘイウッド通りをながめた。うん、今日はすばらしい日になりそうだ……。

エドウィナおばさまは新聞をおき、あわれな姿《すがた》に変わりはてたバラ園を、ちょこまか走りまわるリスをながめた。ウィロウ・グローブに来てからというもの、自分はもう人生というドラマに出番はないものと思ってきた。けれど今、エディのおかげでまた新たなドラマがはじまったらしい。エディについて、直感的に思ってきたことは正しかった。あの子は、かつて自分がやりたいと願ったさまざまなことは、決してまちがいではなかったことを証明《しょうめい》してくれた。そして、新しい生き方をしめしてくれたのだ。

エディはロジャーに電話して、フェアビュー公園でおちあうことにした。

「あんたのご両親、あの記者会見とかいうのをテレビで見てた？」

ちびっこ広場のベンチにすわると、エディはたずねた。

「夜のニュースでね。きみのスピーチを再放送《さいほうそう》したんだ。そのとき、ぼくはもう寝《ね》てたから、お説教は朝になってからだった。そのころには、パパたちのショックもだいぶおさまってたから……」

「なんていってた？」

「もし人にかってに名前を使われたらどう思うかって。そりゃ、いやだよね。ぼくたち、運がよかったんだっていわれた。きみのおばさんも、市長も、とがめないでくれたもの。でなきゃ、たいへんなことになっただろうって。ママは、たくらんだのはぼくなんじゃないかって、心配してた。きみんちではどうだった？」

「似《に》たようなものかな。で、ほんとうのことを告白してくれてよかったって。ママは、いそがしくて夏中ほったらかしにしてわるかったっていってた。わたしのことに、もう少し気をくばるべきだったたって」

エディはちょっと口をつぐんだ。

「ロジャー、ごめんね。ご両親とごたごたさせちゃって」

「いいよ。ふたりとも、もう怒《おこ》ってないもの」

肩《かた》をすくめたロジャーのようすが、どこかいつもとちがう。エディはふいに気がついた。

「ロジャー、歯の矯正器《きょうせいき》をつけてないじゃない！」

「こないだの土曜日、はずしてもらったんだ。あとは、この矯正金具《きょうせいかなぐ》だけ」

ロジャーは、ニッと笑って、金具《かなぐ》を見せてくれた。

「きっとすてきな歯になるって、いったよね」

「サンキュー」

そのあとは、あと一週間ではじまる学校のことや、担任《たんにん》の先生の話になった。

帰りぎわにロジャーがたずねた。

「ぼくたち、もうお役ごめんだね。さびしくないかい？」

「それがね、わたし、動物園の改修《かいしゅう》計画でおばさまを手伝うことになってるんだ。どんな飼育環境《しいくかんきょう》にしたらいいか、調べてくれって」

「どうやって調べるの？」

「うーん、よくわかんない」

でも、すぐにエディはいいことを思いついた。

「ロジャー、あんたも手伝ってよ。そういうのを調べるの、得意でしょ。モンゴルの牧畜《ぼくちく》を調べたあんたのレポート、先生がほめてたじゃない」

「うわっ、やる、やる。今度は、手紙を出すなんてことをしないでいいんだよね」

「もちろん、手紙はなし。わたしたちにできることからはじめるの」

金曜日に図書館でおちあうことに決めたところで、エディが帰る時間になった。

「通学用の服を買いにいくんだ。とちゅうで、エドウィナおばさまのところにも寄《よ》る予定」

「テレビで見たって伝えといて」

ロジャーは、自転車にまたがりながらいった。

「そこらのショー番組よりおもしろかったって。じゃ、またね」

手をふってわかれてから、エディは家に向かった。とちゅう、オリオール通りをまがったところで、野球グラウンドのフェンスに大きな穴《あな》があいているのをみつけた。

エディは思った。これは市長さんに手紙を書かなくちゃ……。

●訳者あとがき●

もき　かずこ

この作品は、アメリカに住む少女エディが、市長に手紙を書いてあれこれ注文し、自分の街をよりよいものに変えていくという痛快《つうかい》な物語です。

ふつうなら、どんなことだろうと子どもが市長に注文するなんて、まずできませんよね。まして、市長がその子のいうなりに街を改善《かいぜん》していくなんて、絶対《ぜったい》にありえないでしょう。なのにそれができたのには、ふたつほど秘密《ひみつ》があります。ひとつは、エディが自分の住む街をよりよくしようと考えたとき、ひとりきりで行動しなかったこと。ロジャーというクラスメートの男の子に手伝ってもらうことで、ひとりよがりにならず、だれもが納得《なっとく》できることがらに市長の注意をむけることができました。もうひとつは、エディとまったく同じ名前を持つ大金持ちの大・大おばさん（エディのひいおじいさんの妹）がいたこと。市長は、自分に注文をつけてくるのは、この大・大おばさんなのだとかんちがいしたのです。欧米《おうべい》では、生まれた子どもに一族のだれかの名前をひきつがせることがよくあるので、ときどきこうしたかんちがいが起こってしまうのですね。

それにまた市長には、手紙をくれたのが大金持ちのおばさんであればいいと願うわけがありました。日本には政治資金規制法《せいじしきんきせいほう》という法律《ほうりつ》があって、政治家《せいじか》がお金を集める際《さい》の制限《せいげん》がいろいろありますが、アメリカでは、選挙活動に使うのでなければ、比較的《ひかくてき》自由にお金が集められるしくみになっています。そして、たくさんお金が集められれば、それだけたくさんの活動ができることになり、政治家《せいじか》としての能力《のうりょく》が高いということになるのです。この物語の市長は、将来《しょうらい》はアメリカ大統領《だいとうりょう》になりたいという野心をもつほどの政治家《せいじか》ですから、ぜひとも大金持ちのおばさんを味方につけたかったにちがいありません。

そんなこんなで、エディの手紙は街に新しい風を起こすことになりました。大・大おばさんとかんちがいされることがわかっていて手紙を書いてしまったエディには、賛否両論《さんぴりょうろん》があるでしょう。でもいっぽうでは、街のこと、世の中のしくみのこと、政治《せいじ》のことになにも注意をはらわないままでいていいのかという問題もあります。

この物語は、たとえ小さくても声をあげていけば、なにかが変わることもありうるのだということをわたしたちに教えてくれます。まずは身のまわりのことに目をむけるのがはじめの一歩。わたしたちもエディにならって、なにか変だな、ちょっとこまるな——そんなことをみつけたら、ではどうすればいいのか考えてみてはどうでしょう。エディと同じように、わたしたちにも新しい風を起こす力があるかもしれませんよ。

作者　スーザン・ボナーズ

児童文学作家、画家。アメリカ・シカゴ生まれ。本書『エドウィナからの手紙（原題は “Edwina Victorious”）』以外の作品に “The Silver Balloon（クリストファー賞受賞）” “Above and Beyond” “The Wooden Doll” などがある。

訳者　もき かずこ

1949年広島生まれ。慶応義塾大学文学部卒。日本国際児童図書評議会会員。主な翻訳に『がっこうにまじょがいた!?』『プリンス・エドワード島へ』（金の星社）、『にぐるまひいて』（ほるぷ出版）、『めぐりめぐる月』（講談社）、『クリスマス・キャロル』（西村書店）などがある。

画家　ナカムラ ユキ

1965年福岡生まれ。英語専門学校卒業後、証券会社勤務を経て、1987年、キャラクターコンペティション入賞を機に1988年よりフリーのイラストレーターに。広告、雑誌、挿画のイラストレーションを中心に活躍する。著書に『子どもの行事と記念日』『贈り物料理』（同文書院）などがある。

エドウィナからの手紙

初版発行　2003年7月
第5刷発行　2004年8月

作　者　スーザン・ボナーズ
訳　者　もき かずこ
画　家　ナカムラ ユキ
発行所　株式会社　金の星社
〒111-0056　東京都台東区小島1-4-3
TEL.03(3861)1861
FAX.03(3861)1507
振替00100-0-64678
http://www.kinnohoshi.co.jp/
印　刷　三浦企画印刷
製　本　東京美術紙工

NDC933　190p 19cm　ISBN-4-323-06319-9